目次

暗闇に戯れて

アメリカ文明の歴史に関するウィリアム・E・マッシー・シニア講義

一九九〇年

はじめに

何年か前、確か一九八三年だったと思いますが、私はマリ・カルディナルの『血と言葉』〔原題 *The Words To Say It*『「それ」を語る言葉』〕を読みました。その本を勧めてくれたある人の熱意以上に、その題名に、私は心を動かされました。ボワローの著作から取られた五つの単語は、小説家にとっての課題と明白な目的地を完璧に言い表していたのです。ですが、カルディナルが書こうとしていたのは、フィクションではありませんでした。彼女は自らの狂気やその治療、回復の複雑な過程について記録しようとしていたのです。そのための言葉は、できるだけ正確、かつ読者の想像力を掻き立てるものでなくてはなりません。彼女の経験やそれについての彼女自身の理解を、見知らぬ他人にも分かるように伝える必要があったからです。彼女の人生の物語は、ある種の精神分析において最も強烈に姿を現しました。そしてカルディナルは、人生のうちにあるこの「深層の物語」という側面を表現するのに、まさに理想的な人物でした。彼女はすでに何冊か本を書いていましたし、国際的な賞も獲り、哲学を教えていました。しかも健康へ向かう道のりにおいて、いつの日かこれを書こう、と思い続けていたのです。

　これは魅力的な本ですし、私は最初「自伝的小説」という分類に多少、疑問を抱いたのですが、読み始めてすぐに、そうした呼び名が正しいとわかりました。この作品は多くの小説がそうであるような形に、ちゃんと整えられています。場面や会話が順序付けて並べられているおかげで、物語はこうあるべきという伝統的な期待にきちんとこたえていたのです。回想場面も、適切な位置に置かれた説明の一節も、注意深く速度を調整された展開も、時宜を得た発見もありました。混沌を首尾一貫したものにしようとする彼女のこだわりや戦略や努力は、小説家にとっても明らかに身近なものです。

　読み始めた当初から、頭を離れない一つの問いがありました。大変なことになっている、と作者が気づいたのは正確にはいつなのか？　自分が崩れ落ちる危機にあると確信したのは、物語のどんな瞬間だったのか？　その鏡（スペキュラー）のようでなおかつ壮観（スペクタキュラー）でさえある場面はいかなるものか？　作品の冒頭から四十ページも行かない箇所で、彼女はその瞬間を書き表しています。「それとの最初の対面」です。

　私の最初の不安発作は、ルイ・アームストロングのコンサート中に起こりました。

岩 波 文 庫

32-346-1

暗 闇 に 戯 れ て

――白さと文学的想像力――

トニ・モリスン著
都 甲 幸 治 訳

岩 波 書 店

私は十九歳か二十歳でした。アームストロングはこれからトランペットで即興演奏をしようとしていました。一つの完全な音楽作品を構築しようとしていたのです。その中では、音の一つ一つが重要で、曲全体の本質を内に秘めていました。私の期待通りでした。その場の空気は急速に暖まっていきました。他のジャズ楽器たちが作る足場、宙を飛びながらもしっかりと支えてくれる壁は、アームストロングのトランペットを支えながら、ある空間を作り上げていました。その中でトランペットはより高く上昇し、確固とした場所を占め、また飛び上がったのです。時にトランペットの音は重なり合い、溶け合って新たな音楽的基盤を作り出し、それが一種の母体となって、正確かつ独自(ユニーク)な一つの音を生み出し、響きとなり、その道のりを辿ることはほとんど苦痛でさえありました。その平衡と持続は、絶対にそうあるべきものとなったのです。その響きはまさに、聞く者たちの神経を掻きむしりました。

私の心臓は素早くどんどんと打ち始め、音楽よりも主張しだし、肋骨を揺さぶり、肺を押しつぶし、もはや私は空気が吸えなくなりました。痙攣や、踏み鳴らされる足や、叫ぶ群衆の真ん中で死ぬのではないかと考え、パニックに襲われ、まるで取り憑かれたように表へ走り出ました。

これを読んで私は自分が微笑んだのを覚えています。彼女が音楽をここまではっきりと――とても直接的に――記憶していることに感心したからです。そしてまた、ふとこう思ったからでもあります――ルイはいったいその夜、何を演奏したんだろう？　彼の音楽にある何がこの敏感な若い娘を過呼吸にし、外の通りへ駆け出させ、「見た目はスラッとしているが中身は千々に裂けている」椿を見て、その美と荒廃に打たれるような状態にさせたのか？

治療を始める上でこの出来事は決定的だった、と明確に述べられているにもかかわらず、彼女の不安発作のきっかけとなったこのイメージについて、そのあと誰も語ってはいません。彼女も、彼女の分析家も、そしてまた高名な医師であり、この本の前書きも後書きも書いているブルーノ・ベッテルハイムもです。彼女の強い死への恐れを燃え立たせたものが何かということについて、誰も興味を抱きませんでした（「もう死にそう！」と彼女は思い叫んだのですが）。その恐れのせいで、彼女は自分の体の力をコントロールできなくなるのではないかと感じ（「何も私を鎮められませんでした。だから私は走り続けました」）、そしてなぜか即興の天才から逃げ出したのでした。彼の即興はこの上ない秩序と平衡と永遠の幻想で満たされていました。「正確でかつ独自な一つの音を生み出し、響きとなり、その道のりを辿ることはほとんど苦痛でさえありました。その平衡と持続は、絶対にそうあるべきものとなったのです。その響きはまさに、聞く者たち［もちろんアームストロング以外ですが］の神経を掻きむしりました」（強調はモリスン）。耐えられないほどの平衡と持続。神経を掻きむしるバランスと永遠。これらはカルディナルの人生を粉々にした病気の素晴らしい比喩となっています。エディット・ピアフのコンサートやドヴォルジャークの曲も同様の効果を持っていたでしょうか？　確かにそうだったかもしれません。ただここで、ジャズが持つ文化的連想は、その知的な基盤同様、カルディナルの「取り憑かれた」状態において重要だったのかどうか、私は気になったのです。黒人たちによって書かれたのではない文学作品において、発見や、変化や、強調に値する重要な瞬間をどのように黒人たちがもたらすかということに、長いこと私は興味を抱いてきました。実際、ゲームのように気軽に、こうした瞬間の記録を私はつけ始めたのです。

　私はルイ・アームストロングがきっかけとなったことをこの記録に書き加えました。そして、おかげでジャズがもたらす効果について考え始めました――聞き手に与える直感的、感情的、知的影響についてです。カルディナルの自伝のもっと後のページには、別の素晴らしい瞬間が記述されています。しかしこれは、黒人音楽家の芸術に対するひどく身体的な反応ではありません。代わりにそれは黒人、この場合は非白人の象徴に対する、概念的な反応です。作者は自分の病気の現れ――恐怖と自己嫌悪の妄想的なイメージ――をそれと呼んでいます。それがかきたてる、非常に不快な感覚の起源を再現しながら、カルディナルは書きます。「それが永久に私の中に根を下ろしたのは、自分たちがアルジェリアを暗殺することになるだろう、と理解したときからのようでした。なぜならアルジェリアは私の真の母親だったからです。両親の血が子供の中を流れているように、アルジェリアは私の中を流れていました」アルジェリアでの戦争が、アルジェリア生まれのフランス人少女である彼女に引き起こした矛盾による痛みと、子供時代や性に目覚めた頃の喜びが彼女にとってその国と繋がるものだったことについて、彼女は続けて記しています。母親殺し、すなわち白人による黒人の母親殺しの、心を揺さぶるイメージに、彼女はそれの起源を見ているのです。内なる荒廃は、社会的に定められた人種関係とまたもや結び付けられています。彼女は植民地主義者で、白人の子供であり、同時にアラブ人たちを愛し、彼らに愛されていました。しかしながら彼らとは疎遠で抑制された関係しか持たないように、と注意されていたのです。もちろん白い椿は「見た目はスラッとしているが中身は千々に裂けて」いました。

カルディナルの物語において、黒人や有色の者たち、そして黒さの象徴的な比喩は、善意のものと悪意のものをともに指し示しています。精神的なもの（アラーの有翼の馬についてのぞくぞくする話）と官能的なもの。「罪深い」けれども美味な官能は、純粋さや抑制の要求と結びついています。これらの形象が自伝のページで形を取り、パターンをなし、戯れているのです。治療の早い段階で彼女が気づいたことの一つは、思春期以前の性衝動に関するものでした。自分のこの面について彼女が理解し、もはやそれを見下さなくなったとき、カルディナルは診療室を出ようとして立ち上がりながら、医者に大胆にもこう告げます。「あの怪物像を診療室に置くべきじゃないと思います。ぞっとするんで」そしてさらにこう述べています。「それは私が、患者としてではなしに彼に語りかけた初めての瞬間だった」今や解放された患者は、怪物像に感じる恐怖や嫌悪をいくらかでもコントロールできるようになりました。この記述によって、彼女は突破の兆候を示し、戦略的にそのことを伝えようとしているのです。

こうした物語における変速レバーについて、いくつもの例が私のファイルの中で積み上がっていきました。比喩や、イメージを喚起する表現や、勝利、絶望、気持ちの区切りなどを示す修辞的な身振りのことで、これらは黒さにつきものの恐怖や愛情などを連想させる言葉を受け入れることでもたらされます。こういう例はイメージの源泉となるカテゴリーを示すと私は考えています。たとえば水や飛翔、戦争、誕生、宗教などで、このようなカテゴリーが作家の道具箱を形作っているのです。

マリ・カルディナルのテクストについてこうして熟考することは、この本を鑑賞するのに必ずしも必要ではありません。ただ、我々が読み、そこに巻き込まれ、また読んだものを見るということが、いかにして同時に起こるかを例示している、というだけです。この作品を読みながら私が考えたことについても触れておきましょう。そうすることで、自分の興味の段階を明らかにできるからです。まずは感情に満ちた散文において、黒いイメージや黒い人々が広く用いられていることへの興味です。そして二つめに、そうしたものを用いる上で、言ってみれば、当然視されている前提への興味。それから最後に、この本の主題に関係することですが、こうしたイメージの源泉と、それらが文学的想像力やその産物にもたらす影響への興味です。

こうしたことが私にとってのしかかるほど大きく思える主要な理由は、これらの伝統的に有効な黒さに関する複合概念に、私は他の人々のようには近づけないからです。黒さや「有色の人々」という言葉は、限度のない過剰な愛や、無秩序や、ありきたりの恐れといった概念を私の中に掻き立てることはありません。私がこうした比喩的な近道に頼れないのは、自分が黒人の書き手であって、ある言語と戦ったり、あるいはそうした言語を用いて戦ったりしているからです。この言語はある隠された記号を強く呼び起こし、押し付けてきます。人種的な優越性や文化的な優位性を示し、ある種の人々や言語を冷淡にも「他者化」する記号のことです。私の作品においてそうした人々や言語は、周縁的な存在ではまったくないし、常に一切隠されることはなく、気づくことも可能なものなのですが。私の弱さは、黒さを悪魔視するのではなく美化し、白さを描出するのではなく非難するところにあるのでしょう。自分がずっと書きたかった作品を執筆するために私は、言語を解放する方法を学ぶ必要を感じ続けています。人種に関する決まりきった連想の、時に邪悪で、常に怠惰で、ほぼ例外なく予測可能な使用法からの解放が必要なのです。(私が今までに書いた唯一の短編「叙唱(レシタティフ)」では、叙述からすべての人種的記号を消去する実験をしました。人種的に異なる二人の登場人物にとって、人種的アイデンティティは非常に重要なのですが。)

書くことと読むことは、書き手にとってそこまで別々のものではありません。どちらにおいても、説明のつかない美しさや、作家の想像力にある複雑さや単純な優美さ、そしてその想像力が生み出す世界に敏感で、心の準備ができている必要があります。両方とも、想像力がわざと働きを止めたり、自らの門を閉ざしたり、その視野を曇らせたりする場所に注意しなければなりません。書くことと読むことはどちらも、危険と安全に関する書き手の考えや、意味と責任に関する穏やかな達成、あるいはそれらを求める汗だくの戦いに気づくことを意味します。

『抱擁』の中でアントニア・S・バイアットは、ある種の読み方についてこう語っています。そうした読み方は、私にはある種の執筆の経験と切り離せないように思えます。「今の自分が何を知っているか、それがどうだったのかを語る能力を超えて、もっと別なふうに、あるいはもっと良く、あるいはもっと満足に書けるようになるだろうと気づくとき。こうした読みにおいて、目の前のテクストは全く新しい、今まで見たこともない、という感覚にすぐ続いて、それはいつもそこにあった、我々読者はいつもそこにあったことを知っていた、そしてこのとおりにあり続けてきたことをずっと知っていたという感覚がやってきます。我々が初めて自分たちの気づきを認識した、初めてそれを完全に摑んだにもかかわらずです」。

再読したいという気持ちを引き出し呼び込む作品、同時代に読まれるだけでなく、未来にも読まれるだろう作品を生み出す想像力には、人々の間で共有できる世界と、無限にしなやかな言語が必要です。読者と作者の両方が、ともに使っている言語の中に、共有できる想像上の世界を読み取ろう、あるいは生み出そうと努力する。そしてその努力において、読者という位置は当然重要ですが、作者の存在こそが、まさに想像という行為の一部をなしているのです。その作者の存在には、彼女もしくは彼の意図や死角や視野が含まれます。

ここでは説明する必要のない理由のせいで、非常に最近まで、作者がいかなる人種に属していても、事実上アメリカにおけるすべてのフィクションの読者は白人だと想定されてきました。この想定が文学的想像力にとってどんな意味を持ってきたかということに、私は興味があります。人種的な「無意識」や人種意識が解釈の言語を豊かにするのはどんなときでしょう？　そして、それを貧しくするのはどんなときでしょう？　アメリカ合衆国という完全に人種化された社会において、書き手としての自己には人種がないと想定し、他の人々は何らかの人種に属すと考えることは、どういう意味を持つのでしょう？　自分たちは「普遍的」だ、あるいは人種から自由だと考える読者集団に対して、あるいは彼らに対抗して、自分自身の人種を代表し表現しているという意識を、何らかのレベルで常に持っている黒人作家の、書き手としての想像力には何が起こるでしょう？　言い換えれば、「文学的白人性」と「文学的黒人性」はどのように生み出されるのでしょう？　そして、そうやって生み出されたことによる帰結は何でしょう？（人種主義的ではなく）人種的言語という、深く植え付けられた前提は文学という企てにどう作用するのでしょう？　その企ては「ヒューマニズム的」であることを望み、ときにそうであると主張するのですが。人種意識の存在する文化において、そうした高尚な目標は実際のところ、いつ成就に近づくのでしょう？　そうならない場合、それはなぜでしょう？　個人の自由という課題と、潰滅的な人種的抑圧という機構とを結びつけた世界観を持つと決めた人々の国に住むことで、作家は特異な光景に直面します。この世界観を、ある力を持つ主体とみなして真剣に捉えるとき、その内側、あるいは外側で生み出された文学は、想像力の持つ柔軟性と重大さ、欠点と能力を理解するための、先例のない機会を与えてくれます。

　こうした問題について考えることは、作家として、そして読者としての自分にとって試練でした。おかげで書くことも読むこともさらに難しくなり、さらに無限にやりがいのあるものとなりました。実際のところ、人種化された社会が創造的な過程を押さえつける圧力の下で、文学がどうにか成し遂げられる仕事に私が感じる喜びを高め、強めてくれたのです。何度も何度も、アメリカ文学がいかに素晴らしい宝であるかを発見して、私は驚きました。自分の作品によって生み出したすべての価値に責任を負う書き手たちについて学ぶことは、なんと魅力的なのでしょう。それを言うための、人々と共有できる言葉を探し、掘り出してきた書き手たちの達成は、なんと驚くべきものなのでしょう。

トニ・モリスン

一九九二年二月

『暗闇に戯れて』はハーバード大学で行われた三回のウィリアム・E・マッシー・シニア講義で生じた疑問の探究の結果であり、なおかつ私のアメリカ文学に関する授業の土台でもある。開かれた、また真剣な参加を求めるアカデミックな環境において、特に優秀な学生たちとともに私はこの探究を進め、考えを試すことができた。この著作にとって、とりわけ授業は重要であり、したがって私が喜びとともに教えてきたプリンストン大学のクラスにこれらのページを捧げるのは当然だろう。それらの学生たちの中でも、以下の三人の研究上の助けはとても有益だった。ドワイト・マクブライド、パメラ・アリ、そしてとりわけタラ・マガウアンだ。

講義を読みやすい原稿に起こしてくれたのは主としてピーター・ディモックである。彼の知性と、優美で類まれな編集の技量に感謝している。

第一章　黒さは重要

私は幻想に心動かされる。それらは
こうした心像に絡みつき、まとわりつく。
ある限りなく穏やかで、
限りなく耐え忍ぶものの概念。

T・S・エリオット
「序曲」Ⅳより

ここからの章では、アメリカ文学の研究をより見晴らしのよい景色の中に拡げていくべく議論したいと思う。私は言うなれば批評全体の配置の地図を描きたいと思っているし、その地図を使って、発見や、知的冒険や、綿密な探究のための空間をできるだけ広く切り拓きたい。ちょうどかつて、新世界の地図を描くことで人々がそうしたように。

もちろん侵略という使命はなしに。私は魅力的で、実り豊かで、刺激的な批評の試みの輪郭を描き出してみたい。現状転覆の夢想に邪魔されたり、要塞の壁に立って示威行動したりするのではなしに。

最初にはっきり言っておきたいのだが、私はこれらのことに文芸批評家の道具立てだけを、あるいはそれを第一のものとして持ち込むつもりはない。(書き手になる前は)読者として、私はそれまで教わってきたとおりの読み方をしてきた。けれども書き手になってみると、本は今までとは違った姿を見せてくれるようになった。書き手として私は、他人を想像する自分の能力や、他人が示してくれる危険な領域に意識的に入っていきたがる自分の意思を信頼する必要がある。こうしたことを行う作家たちのやり方は、どれも私を惹きつける。心臓を喰らうキュクロープスの描写により、我々の心臓までも同情の念で苦しめるホメロスのやり方、スヴィドリガイロフやムイシュキン公爵への親密さを我々に強いるドストエフスキーのやり方。フォークナーのベンジー、ジェイムズのメイジー、フローベールのエマ、メルヴィルのピップ、そしてメアリー・シェリーのフランケンシュタインの見事さに私は驚く。我々の誰もがこのリストにさらに多くの例を付け加えられるだろう。

自分が遠ざけられているものの中に入っていく、というこの過程を促し、可能とするものに私は興味がある——そしてまた、フィクションを構築するために、書き手の想像力が意識の隅まで入りこむことを、押しとどめ妨げるものにも。作家を職業とする以上、このジェンダー化され、性化され、完全に人種化された世界において、アフリカ系アメリカ人の女性作家として、自分がどれだけ自由に振る舞えるかについて私は考えなければならない。自分が置かれた状況の持つ意味を隅々まで考え(そして格闘し)なければならないおかげで、私はこの非常に、また歴史的に人種化されてきた世界で、他の書き手たちが仕事をするときに何が起こるかということも考えるようになった。私と同じく彼らにとっても、想像することとは、ただ見たり熟視したりすることではないし、万全な自分をただ他者に注ぎ込むことでもない。仕事をするためには何かにならなければならないのだ。

私の企てが生まれたのは失望からではなく、喜びからだ。書き手たちが、自らの社会的なあり方を言葉にどう置き換えているのか。文学テクストのなかで彼らが物語をどう語り、密かな戦争をどう戦い、あらゆる種類の論争をどう描いているのか。そして、程度の差はあれ、書き手たちは自分たちのしていることを常に自覚しているに違いないという確信。こうしたことから、私の企ては生まれてきた。

ここしばらく私は、文学史家や批評家のあいだで慣例として受け入れられ、「知」として流通してきた、一連の了解事項がはたして真実なのか、むしろそれは脆弱なものなのではないか、と考えてきた。その知が主張するのは以下のようなことである。伝統的に正典として認められてきたアメリカ文学は、初めはアフリカ人として、次いでアメリカ合衆国のアフリカ系アメリカ人として四百年にわたって存在し続けてきた人々とは無関係だし、彼らについては知りもしないし、彼らによって形作られてもいない、と。こうした人々の存在は、国民や、合衆国憲法や、この文化の歴史全体を形作ってきたかもしれないが、この文化における文学の起源や発展において重要な位置を占めてはいないし、重要な結果をもたらしてもいない、とその知は決めつける。その上、わが国の文学の特徴は、ある特定の「アメリカ性」から生まれたものであり、そうしたアメリカ性は、黒人たちの存在とは切り離された無関係なものである、と主張する。どうやら文学研究者のあいだには多かれ少なかれ、ある暗黙の了解があるようだ。アメリカ文学は明らかに、白人男性の視点や精神や力を表現する領域であり続けてきたのであり、こうした視点や精神や力は、アメリカ合衆国における黒人たちの圧倒的な存在とは関係のない、隔たったものである、という共通了解が。こんな了解が、あらゆるアメリカの有名作家が生まれるより前から存在する人々について共有されている。私は、むしろこれらの人々こそが、この国の文学においてきわめてひそかに、根底的な影響を与えてきた力の一つである、と信じるようになった。こうした黒人たちの存在について熟考することこそ、わが国の文学を理解する際に中心的であるべきで、けっして文学的想像力の周縁部分にとどめておいてはならない。

こうした考察のおかげで私は、わが国の文学における、長く支持されてきた主要な数々の特徴が、実際にはアフリカ系の人々という暗く、不変で、注意を引く存在への反応なのではないか、と考えるようになった。すなわち、個人主義、男性性、社会的参加対歴史的孤立主義、鋭いが曖昧な倫理的諸問題、死や地獄といったイメージへの脅迫観念と組み合わされた無垢、などのテーマ系のことである。アメリカ文学が自らを一貫した存在だ、と規定するやり方そのものが、この人を不安にする、不穏な人々がいることからきているのではないか、と私は思った。国家の成り立ちそのものが、その中心にある、人種に関する欺瞞や倫理的な弱さを扱うための、暗号化された言葉や故意の制限を必要としてきたように、文学も同じくそれらを必要としてきた。アメリカ文学を作り出した特徴は二十世紀になっても変わらず、暗号化や制限の必要性を再生産してきたのである。強調された重大な省略や、驚くような矛盾や、様々に様相が異なる争いを通して、そしてまた、黒人たちの存在の持つ意味やその身体を、書き手たちが作品に登場させた方法を通して、アフリカ系の人々の本当の、あるいは偽造された存在こそ、アメリカ性という言葉の持つ意義にとって非常に重要だったことが見て取れる。そしてそれは今なお変わらない。

この注意深く観察され、そして捏造されてきたアフリカ系の存在の起源と文学における使われ方に関する私の興味は、アメリカのアフリカニズムと私が呼ぶものに関する、自分なりの研究へと発展した。白人ではない、アフリカ的な(あるいはアフリカ系の)存在や人物が合衆国においてどう構成されてきたのか、そしてまた、こうした捏造された存在が想像力の中でどう利用されてきたのかを、この研究では掘り下げる。私が「アフリカニズム」という言葉を使うのは、哲学者のヴァレンタイン・ムディンベが「アフリカニズム」という用語で意味するような、アフリカに関する多様な知について述べたいからではない。あるいは、この国で暮らしてきたアフリカ人やその子孫たちの、様々で複雑なあり方について述べたいからでもない。むしろアフリカ系の人々が意味するようになった、暗示的、そして明示的な黒さを表す用語としてそれを用いたい。そしてまた、これらの人々についての、ヨーロッパ中心主義的な学識による見方や、想定、読み方、読み誤り方を表す用語として用いたい。アフリカニズムの修辞としての使用法には、制

限はほとんど課されてこなかった。文学的な言説内で人々の力を奪うウイルスと見なされてきたアフリカニズムは、アメリカの教育が好むヨーロッパ中心主義的な伝統において、階級、性的放埒、抑圧、力の形成と行使、倫理や責任に関する熟慮について語ったり管理したりするための道具となってきた。パレットのある範囲の色を悪魔視したり具象化したりする、という単純なやり方で、アメリカのアフリカニズムは、言ったり言わなかったり、記入したり削除したり、逃走したり参加したり、反抗したり服従したり、歴史に位置づけたり時間を超えたものとしたりすることを可能にしてきたのだ。それは混沌と文明や、欲望と恐怖について熟考するやり方を提供してきたし、自由のもつ問題と恩恵を問い直す装置ともなってきた。

もちろんアメリカ合衆国はアフリカニズムを形成した唯一の場所ではない。南アメリカ、イギリス、フランス、ドイツ、スペイン――これら全ての国の文化が、「捏造されたアフリカ」の形成にいくぶんかは関与し、貢献してきた。そうした基準や知識が、支配というカテゴリーの外で生まれ得る、と思い込み続けることは誰にもできなかった。ヨーロッパ人やヨーロッパ化された人々のなかで共有された、この排除の過程――そして名称や価値を与える過程から、人種主義はたとえ苛立たしいものではあれ「自然な」現象である、という一般的な、そしてアカデミックな考えが生まれてきた。しかしながら現在、ほとんどすべての国の文学は、人種化された言説に対する持続的な批判の一部となっている。アメリカ合衆国はその興味深い例外だ。黒人たちが昔からずっと共にいて(こういう言葉を使うことができれば、であるが)、しかも多くの場合、彼らは白人の入植者より前から存在したという、最も古くからある民主主義として際立った存在であるにもかかわらず、である。このような一連の流れのなかで、独特の形成過程を辿りながら、アフリカ人やアフリカ系アメリカ人に関する知識や公平な探究の欠如のもと、従属させようというイデオロギー的、そして帝国主義的な正当化の圧力を受けながら、アフリカニズムのアメリカ版は姿を現した。強力に駆り立てられ、完璧に使いやすく、親しみやすい形で自己を強化してくれ、幅広く行き渡ったアフリカニズムだ。国家にとって極めて使い勝手が良いせいで――なぜならこの新しい国では文化的支配のヨーロッパ的な源は広く行きわたってはいるものの、価値あるものかどうかはいまだ定まっていなかったために――アフリカニズムを遠ざけることでアメリカという一貫性を組織する、という過程は、新たな文化的支配を打ち立てる方法として実際に用いられることになった。

こうした所見はアフリカ系アメリカ人研究の持つまなざしを単に別の場所に移そうとする努力として解釈されてはならない。私は、ある階層構造を変えることで別の階層構造を打ち立てよう、とは思わない。アフリカ系アメリカ人研究の、物事を全体化するようなやり方を奨励したいとはまったく思っていないのだ。そうしたやり方は、今ある支配を置き換えたいという以外の動機を持っていない。ヨーロッパ中心の支配的な学問を、アフリカ中心の支配的な学問に、ということだ。それより、知的支配を可能にするものは何か、ということのほうが興味深い。どうすれば知は、支配や征服から啓示や選択へと変えられるのだろうか。文学的想像力を燃え立たせ、活気づけるのは何だろうか。批評の枠組みを打ち立てるのに役立つ力とは何だろうか。

何より批評における重要課題が自らをどう偽装してきたか、そしてそうすることで、その研究対象である文学をどれだけ貧しくしてきたか、ということに私は興味がある。知の形式としての批評は、文学から暗黙なものも明確なものも含めたイデオロギーだけでなく、その着想をも奪うことができるのだ。書き手たちが成し遂げた困難で大変な仕事を、批評は捨て去ることができる。書き手たちの仕事のおかげで、芸術作品は人間世界の一部として重要な意義を持つようになり、さらにそうであり続けるのだが。アフリカニズムが、文学の批評における議論や、その存在を視野から消し去るためになされる不当で綿密な戦略とどれだけ不可分であるか、あるいはあるに違いないか、を見ることは重要である。

文学的想像力においてアフリカニズムが何の役に立ったのか、そしてどのように機能したのか、というのは最も重要な関心事である。なぜなら、文学的「黒さ」を詳細に見ることで、文学的「白さ」の性質、そしてその起源すら発見できるかもしれないからだ。「白さ」は何の役に立ったのか。白さの発明と発展は、ゆるやかに「アメリカ的」と形容されるものを構成する上で、どのような役割を果たしているのか。こうした探究が熟せば、アメリカ文学のもっと深い読みへと我々を導いてくれるかもしれない。そうした読みは現在、なんの問題もなく得られるとは言えない。その理由は、とりわけ大部分の文学批評がこうしたことについて故意に無関心だからではないか、と私は疑っている。

この大きく魅力的な主題についての批評が少ない理由の一つはおそらく、人種問題に関する文学的言説を歴史的に支配してきたのが沈黙と回避だから、というものだ。回避は別の回避を促し、普通の言葉を、主題を暗号化して示す言葉に置き換え、そのことで、開かれた議論を締め出す。人種に関する言説に不安が忍び込むことで事態はより悪化する。人種を無視する習慣が、上品な、寛大でさえあるリベラル的身振りとして理解されていることで、こうした事態はより複雑化している。気づくこととは、すでに存在が疑われている差異を認識することだ。沈黙を通して差異の不可視性を強化することは、黒人たちを支配的文化の本体に、影を持たない人々として参加させることだ。この論理に従えば、全てのお育ちのいい直感は気づくことに抗い、成熟した言説を排除することになる。この文学的、そして学問的風習（文学批評においては問題なく機能しているものの、それ以外の学問分野では、こうした風習は信用に足る主張をすることもされることもない）が、かつて非常に高く評価されたアメリカ作家の作品を本棚から遠ざけ、あるいは彼らの作品中の驚くべき洞察に読者が近づけないようにしている。

しかしながら、こうした風習は細心の注意を要するものであって、捨て去ってしまう前に少々それについて考える必要がある。こういう細かい点について考慮することなしに、学問の客観性における驚くべき過ちを示すことはできない。一九三六年に一人のアメリカの学者が、エドガー・アラン・ポーの作品における、いわゆる黒人訛りについて考察する論文（人種に関して公平であることを明らかに誇っている短い文章）をこう始めている。「ポーはほぼ南部で育ち、最も実り豊かな年月をリッチモンドやボルチモアで過ごしたにもかかわらず、黒んぼ（ダーキー）についてほとんど語ってはいない」[*1]。

この文章が当時の丁寧な口調であることは私にも分かっている。この「黒んぼ（ダーキー）」は「ニガー」より穏当な表現だと思われていたのだ。けれどもこれを読みながら、私はしかめ面になり、この学者の能力は信用できない、と驚き呆れて思ってしまう。ある種の上品な抑圧が捨て去られるときに起こる類の過ちの例を、一九三〇年代にさかのぼって持ってくるのは公平な態度ではないというなら、同じぐらいとんでもない発言は、いまだ普通にあるのだ、ということを私ははっきりと言っておきたい。

アメリカの批評において、アフリカ系の人々の存在やその影響に関する文学的言説に、極めて深みに欠ける空白ができたもう一つの理由は、犠牲者に与えた結果、という見地から人種について考えるという傾向によるものである——人種差別的な政策や態度が対象にどのような強い影響を与えるか、という観点からのみ、常に非対称的に人種主義を考える傾向のことだ。多くの時間と知力が、人種差別と、その対象となった人々にもたらされた身の毛のよだつような結果を暴くことに投じられてきた。こうしたことを法律で規制しようという、人々の自由を守るための努力は、多少の変化はあれど常に続けられてきた。人種差別そのものの源や捏造のされ方を分析しようとする、説得力のある力強い試みもある。全ての社会状況において、人種差別は不可避で不滅で永久なものである、という考えに、そうした試みは異議を唱えている。こうした探究を軽んじようとは私は思わない。まさにそれらのおかげで、人種的な言説に関するあらゆる前進は成し遂げられてきたからである。けれどもこのように確立された研究には、また別の、同じくらい重要な研究も付け加えなければならない。すなわち、差別を永続させている側に、人種差別が与える影響を知る必要があるのだ。人種差別的な屈折が差別する側に与える効果から人々が目を逸らし、分析せずにきた様子は、痛烈かつ際立っている。私がここで提案したいのは、人種的な階層や、人種的な排除や、人種的な脆弱性や有用性といった概念が、こうした概念を受け入れたり、抵抗したり、探究したり、作り替えたりしてきた非黒人たちに対してどのような強い影響を与えたかを検討しよう、ということだ。奴隷たちの心や想像力や振る舞いに目を向ける学問には価値がある。けれども、主人たちの心や想像力や振る舞いに人種のイデオロギーがどんな影響を与えたかを見ようとする本気の知的努力にも、同様に価値がある。

歴史家たちはすでにこうした領域を研究してきた。社会科学者たち、文化人類学者たち、精神科医たち、そしていくらかの比較文学の学生たちもだ。文学研究者たちは、様々な国の文学にこうした問いかけを始めたところである。そして西洋に属するアメリカの文学に対しても同様の注意を早急に払う必要がある。この国にはアフリカ系の、世界でも最も逆境に強い人々が暮らしている――彼らは支配的な人々の中にいながら奇妙に近しい存在であり、かつまた全くと言っていいほど隔絶された存在であり続けてきた。人種問題がアメリカ文学のうちに見出され、注意を向けられるとき、批評家たちの反応は、ヒューマニズムを標榜するいかがわしい妙薬のようなものになる――あるいは「政治的」というラベルを貼った上での放棄となる傾向がある。知性を持った人々の暮らしから政治的なものを削除することは損失が大きい、ということはすでに明らかだ。こうした削除は、健康を気にしすぎて怯えている人が常に不要な手術を行って治癒しようとするようなものではないか、と私は考える。文学は「普遍的」なものであるだけでなく「人種とは無関係」だ、と主張する必要のある批評は、文学にロボトミーを施してしまう危険を冒しているし、芸術も芸術家も矮小化してしまう。

私の探究は何か利権を得るためのものではないかという非難を受けやすいことは承知している。私はアフリカ系アメリカ人の作家なので、こうした問いかけをすることで知的な満足以上のものを得ようとしているのではないか、と。だがどんな非難をされようと、以下の点はあまりにも重要なので、明言せざるをえない。すなわち、黒人であろうと白人であろうとアメリカの作家は、完全に人種化された社会において、人種的に捻じ曲げられた言語からは逃れようがないし、そうした言語の要求に抗しながら想像力をしっかりと歩ませるために作家たちが生み出す作品は、複雑で、興味深く、非常に完成されたものとなっているのだ。

熱心だが大学の研究者ではない何千もの読者たちと同じように、アメリカ合衆国における実力ある文学批評家のなかには、アフリカ系アメリカ人によって書かれたテクストを全く読んだことがないばかりか、そのことを誇らしげに語りさえする者もいる。だからと言って、彼らが何らかの害を被っているようには見えないし、彼らの作品や影響力に明らかな限界が現れているとも言えない。アフリカ系アメリカ文学に関する何の知識もなくても、彼らはこれからも繁栄し続けるのではないか、と私は疑っているし、その疑いには多くの根拠がある。しかしながらとても興味深いのは、彼らが文学についての探究を山ほどおこないながら、どのようにして、自分たちの研究している文学作品に登場する黒人の代理親という、轟き渡るほどの派手な存在の持つ意味を見ずにいいられるのか、ということだ。彼女たちは人を活気づけ、安定させ、あるいはかき乱す要素だというのに。アメリカ文学における批評の権威者たちが、アフリカ系アメリカ人によるテクストに関する自らの無知に喜びを感じ、実のところ楽しんでさえいるように見えることは興味深いし、特に驚くべきことでもない。驚くべきなのは、黒人の手になるテクストを読むことに対する彼らの拒絶——こうした拒絶は彼らの知的生活においてなんら妨害にはならない——は、自分たちが注意を向けるに値する、伝統的で、すでに名声の確立した作品を読み直すときにも繰り返されている。

たとえば、ヘンリー・ジェイムズに関する論文をあますところなく読んでも、『メイジーの知ったこと』に登場するある黒人女性に関してちょっとした言及も出てはこないし、ましてや十分な考察など全くない、ということがありえる。彼女は筋の流れを滑らかにし、しかも倫理的な選択や意味づけの主体となっているにもかかわらずである。「ジャングルの獣」〔ジェイムズの短編〕における比喩表現に関して、私にはその論理的帰結と思えるものまできちんと辿っていく作品の読みに我々が誘われることは全くない。ガートルード・スタインの『三人の女』でまだ研究されていない側面を思いつくのは難しい。ただし、その作品の中心を占める黒人女性に彼女が負わせた、探究し説明するという役割を除いては、である。ウィラ・キャザーによる黒人登場人物の描写における切迫と不安もまた、完全に見逃されがちだ。彼女の最後の小説『サファイラと奴隷娘』が持つ技法や真実性が、人種に起因する問題を抱えていることへの言及はなされていない。アーネスト・ヘミングウェイの作品に、あるいは彼の描く黒人男性の造形に見られる黒さや性や欲望の修辞の中に、こうした批評家は何の興奮も意味も見出さない。フラナリー・オコナーの作品における神の慈悲とアフリカ系の人々の「他者化」のあいだに彼らは何の繋がりも見ない。少数の例外を除いて、フォークナー批評は、あの書き手の重要な主題をとりとめのない神話にまとめてしまい、人種や階級を扱った後期の作品を、大して重要ではなく表面的な、衰えの現れとして扱っている。

この意図的な学問上の無関心に類似している点で参考になるのは、フェミニストの言説に対する何世紀も続いたヒステリックな無視と、女性たちの存在やその周辺の主題がどう読まれてきたか(あるいは読まれてこなかったか)である。露骨に性差別的な読みは衰えている。そしてまだそれが生き残っている場所でも、少ししか影響力をもたない。なぜなら女性たちは自らの言説を獲得することに成功しつつあるからだ。

作家たちが努力しているのと同じように、どの国の文学も、なんとか最高のものを生み出そうとして、できるかぎりのことをする。それでも結局のところは、国民の心に実際にあるものを書き記したり刻み込んだりするものらしい。たいていの場合、アメリカ合衆国の文学は新たに登場した白人男性による構築物に関心を持ってきた。人種や女性たちに対する文学批評の無関心に私が幻滅しているとしても、私には最後の拠り所がある。それは作家たち自身だ。

作家たちは芸術家の中でも最も繊細で、最も知的にアナーキーで、最も代表的で、最も物事を細かく見る人々である。自分ではないものを想像し、見慣れないものを親しみやすくし、見慣れたものを不可解にする、という能力にこそ、彼らの実力は現れる。用いている言語と、こうした言語が何かを意味するための社会的、歴史的文脈が、その力と限界を直接的、そして間接的に明るみに出す。だからこそ、アメリカ文学の創造者たる彼らの作品を通して、私はアメリカ合衆国におけるアフリカニズムの発明と、その効果を明らかにしたい。

最初、読者としての私は、アメリカの白人作家の想像力において、黒人たちはほんの少ししか意味を持たない、あるいは全く何も意味を持たないだろう、と仮定していた。ときおり起こるジャングル熱の狂騒の対象となる以外に、あるいは地方色を出したり、作品に本当らしさを加えたり、必要なだけの倫理的身振りやユーモアや少々の哀感を付け加えたりするとき以外に、黒人たちは全く姿を現さないだろう、と思っていたのだ。思うにこれは、作品に登場する人物たちの暮らしや、作者の創造的な想像力に、黒人たちは周縁的な影響しか与えていないだろう、という考えだった。それとは別なふうに想像したり書いたりすること、まるで政府に割り当てられてでもいるように、本の全てのページや場面に黒人たちが出てくる、と考えることは馬鹿げているし、正直でもない。

だが、そのあと私は読者として読むのを止め、書き手として読み始めた。はっきりと、あるいは暗に人種的に分けられた世界に住んでいて、アメリカの文化的・歴史的状況におけるこの側面に反応しているのは私だけではないはずだ。私が崇めている文学や、ひどく嫌っている文学が、人種的なイデオロギーと出会いながらどう振る舞っているかに私は注目し始めた。アメリカ文学はそうした出会いによって形作られざるを得ないのだ。そうだ、人種主義をでっち上げるのにアメリカ文学が共犯となっている瞬間を私は見出したい。だが同じくらい重要なこととして、文学が人種主義を打破したり、衰えさせているのも見たい。それでもなお、こうしたことはまだそこまで重要な関心事ではない。それより断然重要なのは、アフリカ系の登場人物や物語や語法が、きちんと自己を意識しながらテクストを動かし、豊かなものにしているのをしっかりと見て取ることであり、作家の想像力が生んだ作品にとって、そうした関わりが何を意味しているかを考察することである。

文学的発話がアフリカ系の他者を想像しようとするとき、それは自らをどう整えるのだろうか。この出会いを提供するための記号やコードや文学的戦略はどのようなものだろうか。アフリカ人やアフリカ系アメリカ人を登場させることで、作品はどう変わるのか。あるいは、それにはどういう効果があるのか。読者としての私の想定は常に「何も起こらない」というものだった。アフリカ人たちやその子孫たちは、重要な意味ではそこに存在していない。そして存在するときには、彼らは装飾的でしかない――明敏な書き手の技術的卓越を示しているだけだ。作者は黒人ではないのだから、アフリカ系の登場人物や物語や語法が作品に登場したとしても、それはただ、作品世界の背景となる「普通」の、人種化されていない、幻想の白人世界を描いているものでしかない、と私は考えていた。確かに私が今、議論をしているような種類のアメリカのテクストで、黒人たちのために書かれているものはなかった――ちょうどそれは『アンクル・トムの小屋』が、アンクル・トムに読まれたり、あるいは彼を説得するために書かれたのではないのと同じだ。作家として読みながら、私はある明らかなことに気づくようになった。すなわち、夢の主体は夢見る者だ、ということである。アフリカ系の登場人物を作り上げるという作業は作家自らを反映している。つまり自らに関する極端なまでの熟慮なのであり、作家の意識にある恐怖や欲望を力強く探索するということである。それは希望や恐れや混乱や恥辱や寛大さの驚くべき開示なのだ。このことを見ずにすますにはかなりの努力が必要だ。

それはまるで金魚鉢の中を覗いているようなものだ——金色の鱗や緑色の先端が滑り動く。白く傾いた背中から鰓がパッと閃く。底には城があり、小石と小さくもつれた緑の葉に取り囲まれている。水はほとんど動かない。塵や餌の細かい破片が見える。泡が水面まで静かに上がっていく。そして突然、私は鉢に気づく。透明な（見えない）その構造体は、大きな世界の中で、この秩序だった暮らしを包みこんでいる。言い換えれば私は、どのように本が書かれるか、どのように言葉がやってくるか、ということに関する自分の知に頼り始めた。つまり、書き手たちの企てのある側面について、彼らがどのように、そしてなぜ切り捨てるのか、あるいは引き受けるのか、についての自分の感覚に頼り始めたのだ。言語的な格闘が書き手たちに何を求めるのか、そして創造という作業に必然的に伴う驚きについて彼らはどう考えているのか、ということについての自分の理解に私は頼り始めた。アフリカ系の人々の存在という、時に寓話的で、時に比喩的で、しかし常に声を封じられた表象を通じて、またその内側で、アメリカ人たちは自身について語ろうとしてきた、という自明なことこそ、まるで金魚鉢のように透明であり続けてきたのだ。

私はここまで分析してくるなかで、一種の意図的な批評的盲点を重要視してきた。もしそれが存在していなかったら、こうした認識はすでに当然のものとして我々の文学的遺産の一部となっていただろう盲点である。慣習や風俗や政治的課題が原因となって、このような批評的認識は拒絶され続けてきた。その一例が、ウィラ・キャザーの『サファイラと奴隷娘』である。このテクストは批評的合意によって、アメリカ文学の主流から事実上、捨て去られてしまっている。

多くのキャザー研究において、この小説については、弁解じみた、撥ねつけるような、辛辣な調子で、欠点について短く述べられるのみである——たしかにそうした欠点は十分な数だけ存在する。同時に多くの場合見過ごされているのは、欠点の源と、この本が提示し表現している概念的な問題である。キャザーの才能の不足や、洞察力の枯渇や、描かれている世界の狭さを指摘するだけでは、この本が失敗に終わった原因を注意深く見る、という義務から目を逸らしてしまっていることになる――もしも「失敗」という言葉がフィクションについて使い得る知的な言葉だとすればだが。(それはまるで、フィクションの領域と現実の領域がある線で分かたれていて、その線が維持されているあいだは勝利を収めることもできるが、いったんそれを越えれば、避けがたく敗北してしまう、というかのようだ。)

『サファイラと奴隷娘』の「問題」は、洞察力の不足や知性の足りなさから来ているのではないように思われる。問題となっているのは、その小説の主題と批評的に、そして芸術的にどう折り合いをつけるか、ということなのだ。その主題とは、白人女性の奴隷主が女性の奴隷に対して行使する権力と放縦である。こうした内容はどのようにして別の意味の一部となり得るのか。白人の女主人の物語は、この話の前提に伴う人種や暴力についての考察からはたして切り離し得るものなのか。

もし『サファイラと奴隷娘』が我々を喜ばせも惹きつけもしないとしたら、なぜそうなのかを知ることで多くが分かるかもしれない。まるでこの最後の本――この黙って放逐された、面倒な、ただしキャザーにとってはとても重要だった小説――は、逃亡者を扱っているだけでなく、この本自身が作者の文学的邸宅からの逃亡者であるかのようだ。この作品はまた、この物語がそれ自身からの逃亡者として逃げ出す様子を記述し、刻みつけているものでもある。

この逃走の最初の手がかりは、題名『サファイラと奴隷娘』に表れている。この「奴隷娘」の名前はナンシーである。この本を『サファイラとナンシー』と名付けていたとしたら、キャザーは深く危険な水域におびき寄せられていただろう。こうした題名は、この小説が、誠実に取り組もうと勇敢に努力しつつも曖昧にしてしまっているものを明らかにし、読者の注意をそこに向けさせてしまうからである。曖昧にしているものとはつまり、白人アイデンティティへのへつらいである。一言で言えば、この物語はそれに尽きる。

サファイラ・コルベールは椅子から立ち上がることもできない病人で、身の回りの世話も何もかも奴隷に頼りきりだ。自分の夫がナンシーと密かに関係している、あるいは関係したくてうずうずしている、と彼女は信じ込んでいる。ナンシーとは、彼女の最も献身的な女奴隷の、思春期の娘である。サファイラが間違っていることは最初から明らかだ。ナンシーは純粋すぎて生気のなさを感じさせるほどだし、夫は慎み深い習慣と、野心と想像力を持った男性である。

熱っぽい想像力と、あれこれ思い悩む暇のおかげで、サファイラの疑いは耐え難いほどに増大し繁茂する。彼女は計画を立てる。従順で好色な甥のマーティンを招いて、彼の本性の赴くままにさせるのだ。そうすればナンシーは誘惑されるだろう。自分の若い召使いがレイプされるようにサファイラが取り計らったのは、夫の注目を再び全て自分に集めるためだが、こうした目的ははっきりとは語られない。

この計画をサファイラの娘のレイチェルが妨害する。彼女は何より奴隷廃止論者であるせいで母親と疎遠になっている。それだけでなく、サファイラがおよそ反対意見を受け入れないために疎遠になっていることが徐々に分かってくる。北に向かい自由になる、というナンシーの逃走をどうにか成功させるのはレイチェルだ。そして彼女の父親コルベール氏は、それをおずおずと助ける。白人の登場人物全員が和解するのは、レイチェルがジフテリアで子供を一人失い、だがもう一人はなんとか回復する、という幸運に恵まれた後のことである。また重要な二人の黒人登場人物どうしの和解が語られるのは後記においてだ。その中でナンシーは、何年も経ってから年老いた母親に会いに戻ってきて、逃走した後の大人としての暮らしを細かく作者に語る。当時まだ子供だった作者は、ナンシーの帰還と幸福を目撃する。そしてこの幸福の場面が小説の大団円となっている。この小説が出版されたのは一九四〇年だが、その構成と雰囲気は、もっと古い時期に書かれた、あるいは実際にあったお話のようにも感じられる。

この要約は、『サファイラと奴隷娘』の複雑さと、出来栄えの問題点についてきちんと語れてはいない。思うにこれら二つの問題が生じた原因は、キャザーの物語を語る力が落ちてきていたことではなく、それまでほぼ完全に無視されてきた主題について彼女が述べようと苦闘していたことだろう。その主題とは、白人女性がどうにかして首尾一貫した存在であろうとするとき、権力や人種や性が相互にどう働いているかが見えてくる、というものである。

ある意味で、この小説は古典的な逃亡奴隷の物語である。自由へのスリル満点の脱出だ。けれども逃亡者（フュジティヴ）の旅の苦難についてはほとんど何も書かれていない。なぜなら、この作品で強調されているのは、逃亡前のナンシーが屋敷でどのように逃亡者としての位置を占めていたか、だからである。そして真の逃亡者は女性奴隷主である、とこのテクストは主張している。そのうえ話の展開は作者の支配を逃れ、それ自体が定まらない（フュジティヴ）ことが明らかになるにつれ、白人としてのアイデンティティ構築から人種についての熟考を削除するのは不可能であることを示してしまう。

逃亡ということが、コルベール農場におけるナンシーという存在の焦点である。最初に作品に現れた時から彼女は、自分の感情や考えや、終いには自分の体までを追跡者から隠すことを強いられる。サファイラを喜ばせることができないばかりか、自分より肌の色が濃い奴隷たちの嫉妬に悩まされるナンシーは、自分の母親であるティルから助けや教えや慰めを得ることもできない。これは奴隷制社会においてのみ成り立ち得る状況で、そうした社会では女主人は、母親が自分の娘への誘惑やレイプに協力するのを期待できる(そして作者は読者がそのことに反対しないと確信できる)。女主人に対するティルの忠誠心と責任感はあまりにも当たり前なので、自分の娘に対して企てられた暴力のせいでティルが傷ついたり驚いたりするかもしれない、とはサファイラは思わないし、そうする必要もない。こうした想定にはもう一つの前提がある――すなわち、奴隷の女性たちは母親ではない、というものだ。彼女たちは「生まれながらに死んで」いて、自分たちの子孫や親たちへの義務を持たないのだ。

この信義にもとる前提に現代の読者はひどく驚かされるし、おかげでティルは本当にいるとは思えない、思いやりのない登場人物になっている。キャザー自身もこの問題を語ろうとして途方に暮れているように見える。ティルとレイチェルの密かな会話を第十章に挟むことでキャザーは、この母娘関係について、まったく分析しないまま、認めると同時に払いのけている。

ティルは低くて用心深い囁き声で訊ねた。「まだ何の知らせもありませんよね、レイチェルさん?」

「まだね。あったら教えてあげる。あの子はちゃんとした人たちにあずけたから、ティル。もうそろそろカナダのイギリス人たちのところに着いたと思う」

「ありがとうございます、レイチェル奥様。これ以上は何も言えません。他の黒人たちに自分が泣いているのを見られたくないんです。もし北のイギリス人たちのところにあの子がいるなら、ひょっとしてうまくやれるかもしれません」*2

この一節はどこからともなく現れたように見える。なぜなら、ここまでの百ページかそこらのあいだ、こうした母親らしい気遣いが語られるだろう、と私たちに思わせる部分はどこにもなかったからだ。「まだ何の知らせもありませんよね」とティルはレイチェルに訊ねる。このたった十五文字が意味しているのはこうだ。ナンシーは大丈夫でしょうか? 無事着いたでしょうか? まだ生きているんでしょうか? 誰かに追われているんでしょうか? こうした質問すべてが、ティルがかろうじて発したたった一つの質問に含まれている。

この対話を取り巻いているのは四百年にわたる沈黙である。この対話は小説の中の空隙から、そしてまた、奴隷たちの親子関係やその苦痛についての歴史的言説の空隙から飛び出した。ティルが自分の娘の運命について質問するための言葉や機会をついに得たのを見て、現代の読者はほっとする。けれどもそれ以上は何もなされない。そして、この質問を取り巻く沈黙や問いが遅れて発せられたことは、肌の色の濃い「農場の」黒人たちの中で自分の立場がどうなるか、というティルのより深刻な心配によるものだ、と読者は信じることを求められる。キャザーがこの対話を書かずにはいられないと思ったのは、われわれ読者の目から見たティルの名誉回復のためではなく、この暴力と逃避に満ちた作品においてすら、ある時点でこの沈黙が耐え難いほどの暴力になってしまったからなのは明らかだ。この主題を書く上で作者が感じただろう重圧について考えてみよう。忠実な奴隷を描く必要性。一人の女性がもう一人の女性の身体に及ぼす絶対的な力の可能性を探究することの、人を虜にする魅力。黒人女性が簡単に性的な対象になり得る、という疑われることのない前提との対決。サファイラが完全に頼り切っている人物の底知れぬ献身を信じられるものにする必要性。結局のところ、この女奴隷の身体はサファイラのものだし、同様に、自身の不自由な肉体はサファイラのものではない。こうしたフィクション上の要求はついに、全ての物語的な一貫性の破壊にまで達している。ナンシーが自分では逃走を思いつけず、そうした危険を冒すよう人に勧められて初めて実行したのも無理はない。

ナンシーは彼女の内面生活を他の敵対的な奴隷たちから、加えて自分自身の母親から隠さなくてはならない。ナンシーと他の女奴隷たちとのあいだに友情が存在しないという描写から、肌の色に対する盲目的崇拝という趣向が現れてくる――ナンシーは肌の色による特権を享受しているのだ。なぜなら彼女は他の奴隷たちより肌の色が明るく、したがって妬ましい存在だからである。常にキャザーの悩ましい関心事であり続けている母親の愛の欠如は、奴隷の生まれついての孤立という想定に繋がる。奇妙で人を不安にさせる歪んだ現実は、アフリカ系の登場人物が出てくる小説においては通常、作者により沈黙させられるものなのだが、キャザーはそうした歪みを完全に抑圧しきることはない。彼女が生み出すこのナンシーという登場人物は、家の中における逃亡者であると同時に、フィクションを生み出す想像力の不毛さの印でもある。信じられないようなことの源をはっきりと示す、あるいはただ名指すことのできる言語を作者が手に入れられないとき、想像力はそうなってしまうのだ。

興味深いことに、ナンシーが常に逃亡状態でいるもう一つの大きな理由は完全に納得いくものである。甥の性的な攻撃を前にして、ナンシーは何ら武器を持たないだろうこと。そしてこの危機から彼女を救い出せるかは彼女自身にのみかかっている、ということだ。彼女の弱さについて我々は疑問を抱いたりしない。この無垢な人物に対する邪悪な追跡を面白くしているのは――そしてまた、これを『クラリッサ』のアメリカ版ではないものにしているのは――人種的要素である。甥はナンシーを口説いたり褒めそやしたりする必要さえない。桜の木の枝から彼女に手を伸ばして失敗したあとでも、どこであろうと彼女が寝ているところに行きさえすればいいし、実際にそう企む。それに、廊下のベッドに寝るように、とサファイラはナンシーに命じているので、彼女は闇の中、安全だと思われるが確かではない場所へこっそり逃げざるを得ない。奴隷廃止論者のレイチェル以外、ナンシーには不満を言ったり、説明したり、反論したり、保護を求めたりする相手は誰もいない。彼女が自分では何も決断できないことを我々は受け入れなければならない。なぜならそこにはどんな出口もないからだ。彼女には頼れるものは何もない――レイチェルの興味を掻き立てる、哀れな表情以外には。

それに、もし甥によるレイプが成功したとして、ナンシーの訴えを考慮してくれる法律などない。暴力の結果、彼女が妊娠したとして、それは屋敷の経済にとって損害ではなく、利益となる。ナンシーに味方して抗議の声を上げてくれる父親や、この場合には「義父」もまた、存在しない。なぜなら、その男性からは何よりもまず、名誉が奪われているからだ。彼は「去勢した雄鶏」だとわれわれは告げられる。そして彼が夫としてティルに与えられたのは、彼女がこれ以上子供を持てないように、そしてすべての注意とエネルギーをサファイラ女主人に向けられるようにするためだ。

声無き存在、暗号、そして完全な犠牲者とされることで、ナンシーは読者の関心を失う危険を冒している。興味深いことに、キャザーの筋書き（プロット）同様、サファイラの企み（プロッティング）は、登場人物たちとは何ら関係がなく、ただ女奴隷主としての自己満足のためだけに存在している。このことは、もしレイプが成功していたとしてどんな結果になっただろうか、と考えてみれば明白である。この小説の設定を踏まえれば、通常の意味でナンシーが「台無しに」されるだろう、というサファイラの考えには根拠がない。そもそもナンシーとマーティンやコルベールや他の誰かとの結婚などあり得ない。ならばこうした襲撃によって彼女の夫は奴隷娘への興味を失うだろうか。むしろ、そうした興味はおそらくより確かなものとなるに違いない。もしコルベール氏が純潔なナンシーに惹かれているとしても、奴隷所有者たちの支配下で純潔を失ったナンシーを彼が軽蔑する理由などあるだろうか。

こうした筋書きの構成における論理と仕掛けの破綻は、物語――そして物語の戦略に対する、人種の強い影響力を示している。ナンシーはサファイラの邪悪で気まぐれな企みの犠牲者であるだけではない。今まで見過ごされてきたことだが、ナンシーはキャザーによって自らのものとされた上、ある探究の基盤とされている。キャザーにとって最も重要なその探究とは、一人の白人女性が、自分にとってたやすく利用し役立てられるアフリカ系の人々の生から様々なものを奪いつつアイデンティティを構築するときの、無謀で衰え知らずの力についてのものだ。この探究は非常に重要な倫理に関する議論を喚起するように私には思える。

この小説は意地悪で執念深い女主人のお話ではない。自暴自棄になった女主人の話である。これは不自由な肉体という牢獄に閉じ込められ、苦しみ、希望を無くした女性についての小説だ。彼女の社会的基盤は、人種的蔑視という強固な背骨の上に成り立っている。彼女の特権化されたジェンダーをより高めてくれるのは肌の色しかないし、彼女の倫理的姿勢は、自己評価を上げるという、もっと大きな必要性を前にあえなく崩れ去ってしまう。たとえその自己評価の源が妄想でしかないにしても、である。なぜならサファイラもまた、この小説では逃亡者であり、逃げると決意しているからである。何から逃げるのかと言えば、大人としての人格や細やかな感情を発達させる可能性から、自分の女性性から、母親であることから、女性たちの共同体から、そして自分の身体からである。

彼女は自分自身の身体に住まう必要性から逃れて、若く健康で性的に魅力のあるナンシーに取り憑く。彼女は自分の身体の世話を他の人々の手に委ね、そうすることで病気や、衰えや、幽閉状態や、無名であることや、身体的な弱さから逃れている。別の言い方をすれば、彼女には自分自身を作り上げる時間も手段もある。だが彼女が作り上げる自分自身とは――およそ考えられる限りにおいて――白人としてのものでなければならない。代わりとなる黒い身体は彼女の手足となる。そしてまた、性的な魅力や夫との性的な親密さの幻想ともなる。さらに少なからず、彼女の愛のたった一つの源ともなる。

もしもアフリカ系の登場人物たちや彼らの状況が『サファイラと奴隷娘』のテクストから取り除かれていたなら、閉じ込められ燃え上がるミス・ハヴィシャム〔ディケンズ『大いなる遺産』の登場人物〕もいなかっただろう。こうしたあまりにひどい企てを黙認しても当然だとする狂った自己構築の過程も、無限の権力のドラマも、何もなかったはずだ。サファイラはナンシーよりもはるかによく隠れおおすことができる。彼女は子供扱いしかされないアフリカ系の人々を自由にできるおかげで、大人の女性として普通、必要とされることの外側にいられるし、現にそうしているのだ。

キャザーの小説における最後の逃亡者はこの小説そのものだ。危機に直面した奴隷娘を自由にするという(今まで見てきたように、娘の母親も、彼女の同僚も、あまり興味がなさそうな)この筋の企みは、まったく別の目的のために構想されている。それは、自由な白人女性と奴隷の黒人女性の倫理的等価性について、作者が黙想するための手立てとして機能しているのだ。こうした等式が母と娘の組み合わせとして構想されているという事実を踏まえれば、自らの母親との問題のある関係について、キャザーは繰り返し夢想しているのだ、という逃れ難い結論に達することになる。

キャザーが思い描いたその戦略は困難としか言いようがないし、結局のところは不可能だ――結果としてキャザーはこの小説がフィクションからノンフィクションへと逃げ出すのを許してしまった。物語として信じられるものとするために、彼女はこの等式を読者に強いる決意を放棄した。そしてこの等式を物語の外へ移したのだ。

『サファイラと奴隷娘』は最後に一種の回想録となり、作者の子供時代の記憶が綴られる。とても受け入れられないほど酷い状況下で娘が帰還し、和解し、結局「全てはよかった」ことに無理やりさせられる様子を子供時代のキャザーは目撃した。この物語に出てくる、黙らされ言いなりにさせられたアフリカ系の登場人物たちは、結びの章においてもやはり口を封じられている。その再会――そのドラマ、そしてその物語上の機能――が奴隷である登場人物たち自身のものでないのは、奴隷としての人生が彼ら自身のものでないのと同じである。その再会はまさしく、ここで子供として登場する作者のために、効果的に演出されている。小さなウィラが戸口に来るまでティルは待ってくれる。

それからようやくこの二十五年で初めて、彼女は再び自分の娘の姿を見るのだ。

アフリカ系の登場人物が相手でなければ、このような企ては考え難い。（白人の）子供の楽しみのために、大いなる喜びを遅らせるなどというのは。抱擁が終わると、白人の子供であるウィラはこの黒人の母子を彼らの物語へ導く。そして二人の会話を聞きながら、しょっちゅう口を挟む。彼女たちの人生の形態や細部や実態はウィラのものであって、彼女たちのものではない。ちょうどサファイラが、自分の代理である利用可能な黒い肉体を、何の危険もなく権力行使に用いたように、作者は、喪失や愛情や混乱や正義に安全に参加したいという自らの欲望のために彼らを用いる。

けれども物事はうまくはいかない。登場人物たちは主張し、彼らを封じ込めようとする作者の意思を越えて、フィクションにおける説明責任を強く要求するのが常である。ちょうどレイチェルの介入がサファイラの計略を挫くように、このアフリカ系の母娘について知り、理解するという切迫した必要性ゆえに、キャザーはこの母娘を舞台の中心に据えざるをえない。子供時代のキャザーはティルの話に耳を傾け、物語内では黙らされてきた奴隷の彼女が終章の最後の言葉を語る。

それでも、小説の終わりまできてなお、あるいは特にここでこそ、キャザーは奴隷制に向けた同情的な身振りが必要だと感じているようだ。ティルの口を通じて、この社会制度に備わった高尚な慈悲心が述べられるのだ。最後まで役に立つ存在であるこのアフリカ系の人物は、語ることを許されるが、その言葉は奴隷所有者のイデオロギーを強化してしまう。それがこの小説全体のよって立つ根拠を覆しているにもかかわらず、である。ティルが自ら跪くというのは、恍惚的であるのに劣らず、うさんくさくもある。

自らの子供時代に戻り、書き手としての経歴の最後に至って、キャザーはとても個人的な、そしてもちろん私的な経験に立ち戻る。最後の小説で、人種主義という空隙に直面した女性の裏切りの意味に彼女は取り組み、奮闘する。彼女はナンシーのように無傷で目的地にたどり着くことはなかったかもしれない。けれども危険な旅を敢行したことは、彼女の達成である。

＊1　Killis Campbell, "Poe's Treatment of the Negro and of the Negro Dialect," *Studies in English*, 16 (1936), p. 106.

＊2　Willa Cather, *Sapphira and the Slave Girl* (New York: Alfred A. Knopf, 1940), p. 249.〔邦訳、『サフィラと奴隷娘』高野弥一郎訳、大観堂、一九四一年。引用部分は都甲訳〕

第二章　影をロマン化する

――人々より大きく、黒んぼたちより黒い影――

ロバート・ペン・ウォーレン
「刑罰学的研究――南部の暴露3」より

『アーサー・ゴードン・ピムの冒険』の最後で、エドガー・アラン・ポーは異常な旅の最後の二日間をこう記述している。

三月二十一日。陰鬱な闇があたりに立ちこめている――とはいえ、海の乳白色の深みからは煌々(こうこう)と輝く光が立ちのぼり、カヌーの舷墻沿いに忍び寄って来た。この時には、天からぼくらめがけて降り注ぎ、最終的には海水へ溶けて行った白い灰の驟雨のため、難破しかけたほどだ。(中略)

三月二十二日。あたりの闇がいっそう深まり、光と言えば目前の白い水蒸気のカーテンから反射する海水の輝きのほかにない。そのカーテンの彼方より、巨大で青白い鳥たちが次から次へと飛来してくる。この鳥たちは去り際になるとみな、あの永遠の合言葉を叫んだ――「テケリ・リ！」と。これを耳にしてヌー・ヌーは平底でもぞもぞとうごめく。けれどもその身体に触ってみると、すでに息絶えているのがわかった。そしていよいよぼくらは滝の抱擁に身を委ねた。そこでは、ひとつの巨大な裂け目があんぐりと口を開け、ぼくらを迎え入れようとしていたのだ。けれども、まさにその行く手に経帷子(きょうかたびら)をまとった人影が出現した。並みの人間と比べて、はるかに巨大なすがたかたちをしている。そしてその人影の肌の色は雪のように純白だった。

〔巽孝之訳、『E・A・ポー』集英社文庫、七四〇―七四一ページ〕

ピムとピーターズと原住民のヌー・ヌーは「白い灰の驟雨」のなか、温かな乳白色の海を漂っている。黒人は死に、突進するボートは白いカーテンを抜ける。その向こうに白い巨人が現れる。その後は何も書かれていない。物語はそこで途切れるのだ。代わりに学者が書いたような注と説明、そして長々と続く心配げな「結論」が来る。結論では、白さが原住民たちを怖がらせ、ヌー・ヌーを死に至らしめた、と語られる。続く銘は、旅行者たちが通り抜けた洞窟の壁に刻み込まれていた。「余が文字を丘陵に刻み、塵へ(ひと)の復讐を岩に刻んだのだ」(同前、七四五ページ)。

アメリカのアフリカニズムという概念を考える際に、初期アメリカ作家でポーほど重要な人物はいない。そしてここに記述したイメージ以上に印象的なものもない。視覚化されながらも、どこか閉ざされ、不可知の部分を持つ白い形象が霧のなかに現れる。旅の終わりに——あるいはいずれにせよ、物語そのものの最後にである。白いカーテンと、「雪のように純白」な肌を持つ「経帷子をまとった人影」のイメージは、どちらも物語が黒さと遭遇したあとに現れる。最初に白いイメージが現れるのは、今まで役に立つ存在であり、実際仕えてきてくれた黒人のヌー・ヌーが死亡し記述されなくなったことと関係しているように見える。両方とも、アメリカ文学においては常にアフリカ系の人々が関わる箇所に現れる、計り知れぬ白さの表象である。こうした閉ざされた白いイメージは、しばしば物語の最後に現れるが、いつもそうだというわけではない。それらは非常に頻繁に、また特定の状況で現れることで、読者を立ち止まらせる。そうやって注意を喚起することによって、それが登場する場所や、反復や、その強く示唆するもの、すなわち麻痺や支離滅裂、袋小路や不合理な推論の持つ意味がもたらされるように思われる。

こうした不可解な白さのイメージの持つ、異常な力やパターンや一貫性を説明するには、文脈を考慮することが必要だ。死んでいたり、無力だったり、完全に支配されている、黒い、あるいはアフリカ系の人々の表象とほぼ常に結びつく形で、そうしたイメージは現れてくる。したがって、こうした目も眩むような白さのイメージは、この白さと連れ立っている影の解毒剤としても、また影についての黙想としても機能しているようだ――この影は暗い不変の存在で、恐怖や憧憬とともにアメリカ文学の中心部を、そしてテクストを動き回っている。わが国の初期の文学が振り払えずにいるように見えるこの付きまとうもの、あるいは暗さは、国民文学の形成期において、アメリカの作家たちが身を置かねばならなかった、複雑で矛盾した状況を指し示している。

若きアメリカは自由という未来に向かって突進しているという点で際立っていたし、またそういう国だと自認していた。その自由とは人間の尊厳の一種であって、世界には前例がないと信じられていた。「普遍的な」切望という一つの全き伝統は、手垢のついた言い回しである「アメリカン・ドリーム」へと矮小化された。この移民の夢は、これまで学者の研究や芸術作品によってなされてきたような徹底的な吟味に値するとはいえ、移民たちが急いで何に向かおうとしていたかだけでなく、急いで何から離れようとしていたかを知ることも同じぐらい重要である。もし新世界が彼らに夢を抱かせているとしたら、旧世界の現実の何がそうした欲望を掻き立てているのか、そしてそれは新たな現実の形成をどのように促し、確実にしているのか。

旧世界から新世界への逃亡は一般的に、抑圧や制限から逃れて、自由や可能性へと向かうことと見られている。実際のところは、この脱出は時に、放埒さからの――許しがたいほど寛容にすぎ、不信心で、自制心がないと見なされた社会からの――脱出であったとしても、宗教的な理由以外で逃れた者たちにとってはやはり、束縛や制限が旅立ちの動機だった。こうした移民たちに旧世界が与えたのは、貧困、監獄、社会的排斥、そしてしばしば死だけだった。もちろん移民のなかには聖職者や学者の集団もおり、彼らは母国や父祖の地であるどこか別の国から逃れてきたのではなく、むしろそれらのために植民地を築き上げるという冒険に身を投じようとして来た。そしてもちろん、金を得ようとしてやって来た商人たちもいた。

理由が何であれ、その魅力は「白紙になれる」ということだった。ただ生まれ変わるだけでなく、いわば新たな服装で生まれ変わるという、人生に一度きりの機会だったのだ。新しい場所は人々に新たな衣装を与えてくれる。この二度目の機会においては、一度目におかした過ちからさえ利益を引き出すことができた。新世界には限界なき未来という幻想が存在したし、それは旧世界に置いてきた束縛や不満や混乱のおかげで、いっそう輝かしいものに見えたのだ。それはまさに、見込みある前途有望さ（プロミシング・プロミス）だった。幸運と忍耐によって、人は自由を見出せるだろう。神の掟を明らかにするための道筋を見つけられるだろう。あるいは、王子のように裕福になれるだろう。自由への欲求の前には抑圧がある。神の掟への渇望は、人々の放埒や腐敗への嫌悪から生まれる。富の魅力は、貧困や飢餓や借財に縛り付けられている。

十七世紀末から十八世紀になると、旅はより一層、危険を冒すに値するものとなった。膝を屈する日々は、人に命令することで感じる身震いに取って代わられるだろう。階級や階層や狡猾な迫害という関門を前にして感じる無力は、自らの運命を支配する力に取って代わられるだろう。統制され処罰される状況から、統制し処罰する立場へ移行できる。社会的追放を逃れて地位を得ることができる。虚しく、人に縛られた、いとわしい過去から解き放たれて、一種の歴史なき状態へ、これから何かが書き込まれるだろう白紙のページへ入っていける。そこにはたくさんのことが書かれるだろう。高貴な衝動は法となり、国の伝統に組み込まれるだろう。彼らを拒み、そして彼らに拒まれた母国において獲得され、練り上げられた卑しい衝動もまた法となり、伝統に組み込まれるだろう。

若い国によって生み出される文学は主として、こうした恐怖や力や希望とのやり取りを刻み込む一つの方法となる。そして若きアメリカの文学を読んで、現代のアメリカン・ドリームのあり方とは正反対なことに驚かずにはいられない。明白なのは、その時代のものであるはずの希望、現実主義、物質主義、そして明るい展望などの捉え難い混淆がそこには書かれていない、ということだ。自分たちの「新しさ」――可能性や自由や無垢――を人々が重視していたにもかかわらず、我々の初期、そして創立期の文学が実に陰気で、苦悩に満ち、怯え、不安げなのは印象的である。

我々の文学に取り憑いてきたものを言い表す言葉や標語がある――「ゴシックの」「空想的な」「教訓的な」「ピューリタン的な」といった表現だ――これらはどれも、彼ら移民たちが逃れ出てきた元の世界の文学のうちに、その起源を持つ。しかしながら、十九世紀アメリカの精神とゴシック・ロマンスの強い類似性については、すでに多くが語られてきている。ヨーロッパの倫理的、社会的混乱に嫌悪を抱いた若い国が、欲望と拒絶の高まりに我を忘れ、彼の地に残してきたかったはずの悪魔崇拝の表象を文学で再現することに、なぜ持てる才能を捧げねばならないのか。答えは実に明白だと思われる。初期の間違いや過去の不運から何かを学ぶ一つのやり方は、それらを記録し、暴露や予防接種を通じて、そうしたことの繰り返しを妨げるというものだからだ。

ロマンスという形式においてこそ、このアメリカに独特の予防措置は繰り広げられた。

ヨーロッパにおけるロマン主義運動からずいぶん経っても、ロマンスは若きアメリカにとって大切な表現方法であり続けた。悪魔と格闘し交戦し、あるいは悪魔を想像する戦場となったアメリカのロマン主義は、アメリカ人たちにとってどこがそんなにも魅力的だったのだろう。

ロマンスとは歴史の回避であると指摘されてきた(そしてだからこそ、近い過去から目を逸らそうとする人々にとって魅力的なのだろう)。だがむしろ私は、ロマンスこそが、作家の経験した、現実的かつ圧倒的な歴史的諸力や、その中に固有の矛盾と、正面から出会うものなのだという議論に説得力を感じている。ヨーロッパ文化の影から輸入された不安の探究であるロマンスは、非常に独特で、明確に人間的な恐れを、時に安全な形で、時に危険な形で扱うことを可能にしている。それはつまり、追放されること、失敗すること、無力さに対するアメリカ人たちの恐れだ。そしてまた、境界線の無さへの、攻撃しようと低く身構えている放埒な自然への恐れだ。いわゆる文明の不在への恐れだ。孤独への恐れ、内なる、そして外なる攻撃性への恐れだ。一言で言えば、人間の自由への恐れだ——そして彼らが最も切望していたのも、まさにこの自由なのだ。ロマンスが作家たちに提供したものは、「少しは」どころか「大いに」ある。狭い非歴史的な画布ではなく、広い歴史的な画布を提供してきた。逃避ではなく、結びつきを提供してきた。若きアメリカにとって、ロマンスにはすべてがあった。主題としての自然、象徴の体系、自己の価値を見出し、正当化することの探究というテーマ――そして何より、想像の中で恐れを支配し、深い不安を鎮めるという機会を与えた。それは教化と作り話にとっての、そしてまた、暴力や、信じられないような壮大な話や、恐怖を扱う、想像力に拠る娯楽にとってのプラットフォームを提供した――そして、恐怖の持つ最も重要で傲岸な要素がそこにはある。それはつまり、暗さと、それが掻き立てる暗示的な価値のすべてである。

ハーマン・メルヴィルが「黒さの力」と呼んだものから自由なロマンスなどない。とりわけ、すでに黒い人々が住んでいて、彼らを巡って想像力が羽ばたけるような国では、ありえない。彼らを通してこそ、歴史的、倫理的、哲学的そして社会的な恐れや、問題や、二項対立が言い表され得たのだ。奴隷となった人々は、人間の自由や、その魅力や、捉え難さという問題について熟考するための代理の自己として、自らを提供している、と見なすことが可能だったし、また事実そう考えられてもきた。この黒人たちは、恐怖について熟考するために有用だった。ヨーロッパを追い出された人々の恐怖、失敗、無力、限度を知らぬ自然、生来の孤独、内なる攻撃性、邪悪さ、罪業、強欲への彼らの恐れについて熟考する際に、である。言い換えれば、この奴隷の人々は、人間の可能性や人々の権利に関する抽象概念の明確な代替物として、人間の自由に関する熟慮のために自らを提供している、と理解されていた。

芸術家たちが――そして彼らを育んだ社会が――内なる葛藤を、「何も書き込まれていない黒さ」へと、都合よく縛られ暴力的に黙らされた黒い身体へと、どのように移し替えたか、というのはアメリカ文学における重要な主題である。たとえば人間の権利は、その上に国家が築かれているような構成原理だが、同時に必ずやアフリカニズムに結びついている。その歴史や起源は永久に、もう一つの魅力的な概念に繋ぎ止められているのだ。それはつまり、人種の階層制である。社会学者のオーランド・パターソンが記しているように、啓蒙主義が奴隷制すらも受け入れ得る、ということに我々は驚くべきではない。むしろそうではないほうが驚きだ。自由という概念は空虚のなかには現れない。奴隷制ほど自由を際立たせるものはないのだ――たとえ奴隷制こそが自由を生み出したのではないとしても、である。

黒人奴隷の存在は、この国の創造的な可能性を豊かなものにした。なぜなら、黒さの構築、そして奴隷化のなかに、自由でない者だけでなく、肌の色によって生み出される劇的な対照を伴った、自分ではない者の投影が見出せるからである。その結果、想像力の遊び場が開かれた。内なる恐怖を和らげ、外なる搾取を合理化する、という集団的な必要から現れてくるのが、アメリカのアフリカニズムだ——それは極めてアメリカ的な、黒さや他者性や不安や欲望の、でっちあげられた混合物である。（もちろんヨーロッパのアフリカニズムも存在しており、植民地の文学にはそれにあたるものが登場する。）

私が検討したいのは、アメリカ文学において、活動を制限され、縛られ、抑制され、抑圧された黒さが、アフリカ系の登場人物としてどう対象化されたかということだ。そうした人物に割り当てられた役割——悪魔祓いや具象化や反映という役割——がこの国の文学の多くでどう求められ描かれてきたのか、そしてまた、初期アメリカ文学を特徴づける性質の形成をどう助けたかを私は示したい。

先に私は、文化的なアイデンティティが国民文学によって形成され活気づけられた（フォームド・インフォームド）と述べた。そしてまた、アメリカ合衆国の文学が「関心を持ってきた」のは、新たに生み出された白人としてアメリカ人を構築することで、それは自覚的でなおかつ非常に問題のあるものだった、とも述べた。「アメリカの学者」におけるエマソンの、新たな人間への呼びかけが示しているのは、その構築が意図的であり、差異を打ち立てることを意識的に求めているということである。だが、それを受け入れるにせよ拒絶するにせよ、この呼びかけに応えた書き手たちは、差異の参照点を打ち立てるために、ヨーロッパだけを見ていたわけではなかった。彼らの足元には非常に派手な差異が存在したのだ。人種的差異を通して練り上げられた、既に存在する、あるいは急速に形作られつつあるアイデンティティを、作家たちは賛美することも批判することも可能だった。そうした差異は、文化的に価値のある関心事に沿ってアイデンティティを組織し、分離し、強化する過程で、記号や象徴や作用といったものを膨大に与えてくれた。

バーナード・ベイリン〔アメリカの歴史学者〕は、ヨーロッパ人の植民者たちがアメリカ人になっていく様子について、並外れた研究を行っている。ここで彼の『西への旅行者』から、かなり長い一節を引用したい。今まで私が記述してきた、アメリカの特質の中の顕著な一面が、そこにははっきりと表れているからである。

手紙や日記を見ると、ウィリアム・ダンバーは実在の人物というより、架空の人物のように見える。ウィリアム・フォークナーの想像力が生み出した人物より教養はあるものの、同じぐらい謎めいたサトペン大佐であるかのように。彼もまた『アブサロム、アブサロム！』の奇妙な登場人物と同じく、二十代の初めに突然ミシシッピの荒野に現れ、広い土地を自分のものだと主張し、それからカリブ海へ姿を消して、「野蛮な」奴隷たちの一隊を率いて戻り、樹々と未耕作の土地しかなかったところに、彼らの労働だけに頼って屋敷を打ち建てた。彼はサトペンより複雑ではあったが、同じように人生初期の野望を胸に抱いて精力的に動いたし、同じように著名な南部の家族の開祖となったたし、同じように二つの人種から成る暴力的な世界の一部であって、その世界の緊張こそが、ダンバーを奇妙な方向に導くことになったのだろう。なぜそう言えるかと言えば、この荒野の農園主は科学者で、後に科学や探検についてジェファソンと文通することになったからだ。ミシシッピの農園主であるダンバーは、言語学、考古学、静水力学、天文学、そして気候学においてアメリカ哲学協会(彼を会員に推薦したのはジェファソンだ)に貢献し、彼の地理的な探検は出版され、広く読まれることになった。初期ミシシッピの農園世界に生きる、サトペンのように風変わりな人物として──ちょうどサトペンが「大佐」と呼ばれていたように、ウィリアムは「サー」と呼ばれていた──彼もまた、この粗野で半ば野蛮な世界に、ヨーロッパ文化の優れた文物を持ち込んだ。シャンデリアや高価な絨毯ではなく、書物や、測量士の最も高級な道具や、科学の最新の機材である。

　ダンバーはスコットランド人として生まれた。マリシャーのアーチボルド・ダンバー卿の末の息子である。彼はまず、屋敷で家庭教師に教わり、それからアバディーン大学に入学して、数学や天文学や文学に深い興味を抱いた。いったん家に戻り、次いでロンドンで若い知識人たちと交際したあと、何があって巨大都市から出て、初めての西への長旅に出発したかは知られていない。しかしながら、彼の動機が何だったにせよ、一七七一年の四月に、たった二十二歳のダンバーはフィラデルフィアに姿を現した……。

体面を保つのに熱心で、よく教育を受けた、このスコットランドの啓蒙とロンドンの洗練の産物――この本好きな若き文学者(リテラトゥーア)兼科学者は、ほんの五年前には科学的問題について文通していた――「スウィフト主任司祭の至福」について、「高潔で幸福な人生」について、そして人類は「互いに愛し合う」べきであるという神の戒律について――だが彼は、自分に仕える人々の苦しみには奇妙なくらい鈍感だった。一七七六年七月に、アメリカの植民地がイギリスから独立したことではなく、自分の農場で奴隷たちが自由を求めて企てたらしい陰謀を鎮圧したことを彼は記している……。

若き博学であるダンバーは、スコットランドの科学者で文人だが、サディストではなかった。当時の基準からすれば、彼の農場の管理体制は穏やかなものだった。彼は奴隷たちにきちんとした服を着せ、ちゃんと食事を与え、厳しい懲罰を与えるべきときにも、しばしば緩やかなものですませた。だが文化の源から六千キロ以上離れ、イギリス文明のはるか周辺部にたった一人でいて、物理的に生き残るために日々闘い、無情なほどの搾取が当たり前で、無秩序や暴力や人々の退廃がありふれているこの場所で、彼は見事なまでに適応することで勝利を収めた。絶え間なく様々なことを企て、工夫しながら、彼の上品な感性は辺境の生活に摩耗して鈍くなった。そして、それまで知らなかった、権威や自立といった感覚が彼の内側に芽生えた。その力は、他の人々の生命に対する絶対的な支配から流れ出したものだった。そして彼は、他とは異なる新たな人間、僻地の紳士、粗野で半ば野蛮な世界における裕福な男、として生まれ変わった。[*3]

この肖像に描かれたいくつかの要素に、つまりウィリアム・ダンバーの物語に登場するいくつかの組み合わせや相互依存的な要素に注目してほしい。はじめに、啓蒙と奴隷制とのあいだには——人間の権利とその奴隷化には歴史的な繋がりがあること。つぎに、ダンバーの受けた教育と、彼が新世界で企てた事業との関係である。彼の受けた教育は例外的なものであり、また例外的なまでに洗練されていた。そこには神学や科学に関する最新の思考が含まれており、おそらく、この二つの学問が互いに説明し合えるように、そしてまた互いに支え合えるようにする、という努力もまた含まれていただろう。彼はただ「スコットランドの啓蒙の産物」だっただけでなく、ロンドンの知識人でもあった。

彼はジョナサン・スウィフトを読み、互いに愛し合え、というキリスト教の戒律について論じ、さらに自身の奴隷の苦しみには「奇妙なくらい」鈍感だった、と書かれている。一七七六年七月十二日に彼は、自分の農場で奴隷たちが企てた反乱について、驚きと傷心を交えて記している。「私の驚きをどう思われるだろう……こんな忘恩によって報われるとは、親切や寛大な取扱いは何の役に立つのか」。ベイリンは続けている。「奴隷たちの行動にしきりに当惑していたダンバーは、逃亡奴隷の二人を連れ戻し、「一度に五百回の鞭打ちをそれぞれ五回ずつと、鎖で足首に丸太を繋ぐという刑に処した」」。

私はこれを、「アメリカ人」が、新たに生まれた白人の男性として構築される過程の簡潔な描写として読みたい。この形成過程において、少なくとも四つの望ましい結果がもたらされた。どれもベイリンによるダンバーの特徴の要約で言及されており、またダンバーが「彼の内側」でどう感じたかについての描写に表れている。再び書き記しておきたい。「それまで知らなかった、権威や自立といった感覚が彼の内側に芽生えた。その力は、他の人々の生命に対する絶対的な支配から流れ出したものだった。そして彼は、他とは異なる新たな人間、僻地の紳士、粗野で半ば野蛮な世界における裕福な男、として生まれ変わった」この力、自由の感覚をそれまで彼は知らなかった。だがそれなら何を知っていたのか。優れた教育、ロンドンの洗練、神学的、そして科学的思考だ。こうしたもの全ては、ミシシッピの農園主としての暮らしで彼が得た、権威や自立の感覚を彼には与えなかった、と推測できる。さらにこの感覚は、湧き出る力として理解されており、「他の人々の生命に対する絶対的な支配」の結果として既に存在し、そして今にも溢れそうなのだ。この力は意図された支配でも、十分に考え抜かれた故意の選択でもない。むしろ一種の自然の富なのだ。ダンバーが絶対的な支配を振るう地位に就くやいなや、彼をずぶ濡れにしようと待ちかまえているナイアガラの滝なのだ。ひとたび彼がその地位を得ると、彼は新たな人間、独特の人間——異なった人間として蘇る。ロンドンでの社会的地位がいかなるものであろうと、新世界では彼は紳士（ジェントルマン）だ。より上品（ジェントル）で、より男性（マン）なのだ。彼の変化が起こる場所は未開の地である。彼の背景をなしているのは野蛮さなのだ。

こうした事柄——自立、権威、新しさと差異、絶対的な力——は、アメリカ文学における主要なテーマや前提となっただけでなく、作り上げられたアフリカニズムの複雑な認識や利用によってはじめて、可能となり、形作られ、作動させられたことを私は指摘したい。未開や野蛮として配置されたこのアフリカニズムこそ、典型的なアメリカのア

イデンティティを練り上げるための舞台や闘技場を提供したのだ。

自立とは自由であり、大いに支持され崇められた「個人主義」となる。新しさは「無垢」となる。独特さは差異や、それを維持するための戦略の策定となる。権威や絶対的な力は、他を征服するロマンチックな「英雄的資質」や、男らしさや、他の人々の生命を左右する絶対的な力の行使という、問題の多い事項となる。この最後のものにより、他の全てが可能になっているように思われる――絶対的な力が呼び覚まされ、人々に対して行使される。しかもその力は、「粗野で半ば野蛮な世界」とみなされた、自然の、また精神的な風景の中で振るわれるのだ。

それはなぜ粗野で野蛮だと言われるのか。白人ではない土着の人々が住んでいる場所だからか。おそらくそうだ。だが確かに言えるのは、縛られていて自由を持たず、反抗的だが役に立つ黒人たちが、利用可能な形で存在するからだろう。ダンバーと白人たち全員は、自分たちに特権を与える、またそれ自体特権的なものである差異を、彼らと照らし合わせながら測ることができたのである。

結局のところ個人主義は、孤独で阻害され不満を抱いている、というアメリカ人の典型と溶け合い、一つになる。人はこう問いたくなる。いったいアメリカ人は何から疎外されているのか。アメリカ人は常に執拗なまでに何について潔白なのか。何と異なっているのか。絶対的な権力に関してはこう問うだろう。こうした権力は誰に行使され、誰には与えられず、誰には分け与えられるのか。

これらの疑問に対する答えは、アフリカ系の人々という、説得力をもって自己を強化してくれる存在にある。こうした人々はあらゆる点で都合がよい。そしてその都合のよさの少なからぬ部分は、彼らの自己規定によるものである。今やこの新たな白人男性は、野蛮は「そこにある」のだ、と自分を説得できる。命じられた鞭打ち(五百を五回だから二千五百回)は彼自身の野蛮さではない。自由を求めて繰り返される危険な脱走は、黒人に分別がないことの「不可解な」証拠でしかない。「スウィフト主任司祭の至福」と、規則正しくも暴力に満ちた暮らしの組み合わせは文明的だ。そしてもし感覚が十分に鈍くなれば、未開は自らの外側に留まることになる。

こうした矛盾はアメリカ文学のページのなかに道を切り拓く。そうでないはずがあろうか。ドミニク・ラカプラが我々に述べるように、「古典的な小説は、広く行き渡った、文脈に関する力(たとえばイデオロギー)によって手を加えられるだけでなく、これらの力を批評的に、そしてときには潜在的に変容させてしまう形で作り直し、また少なくとも部分的に乗り越える*4」。

文化について言えば、初期のアメリカの書き手たちが旅した想像上の、そして歴史的な土地は、その大部分が人種的他者の存在により形作られている。アメリカのアイデンティティにおいて人種は意味を持たない、と正反対のことを主張する言明は、それ自体が意味に満ちているのだ。断言によって世界は人種から自由にはならないし、人種的な区別が消え去りもしない。文学の言説において、人種と無関係であることを強く主張するという行為は、それ自体が人種的な行為である。黒人の手の指に言葉の酸を注ぎかければ、もちろん指紋は消え去るだろうが、手そのものは消えない。さらにはその、暴力的で自己満足な消去という行為において、それを注いでいる者の手や指や指紋には何が起こるだろうか。それらは酸の影響を受けないのだろうか。文学作品こそがまさに、そうではないことを示している。

明白に、あるいは潜在的に、アフリカ系の人々の存在は、興味深く逃れがたい形でアメリカ文学の持つ手触りを特徴づけている。それは暗く不変の存在で、文学的想像力において、可視かつ不可視の介在する力として作用している。アメリカ文学のテクストにおいては、アフリカ系の人々の存在や登場人物や物語や訛りについて語っているのではないときですら、むしろそういうとき特に、含意や兆候や区分線のなかを、その影は漂っている。移民としてやってきた人々(そして多くの移民文学)が自分たちの「アメリカ性」を、すでにそこに住んでいた黒人たちと対置して理解したのは、偶然でも誤解でもない。実際のところ人種は、アメリカ性を構築するのに必要不可欠な比喩として今や機能しており、その有り様は古い時代の疑似科学的で階級に基づいた人種差別と肩を並べているほどである。こうした古い人種差別の持つ力学のほうが、我々にはよほど解読しやすいのであるが。

たとえ特定の人種的要素が隠された状態であっても、アメリカ化の過程全体の比喩として、このアフリカ系の人々の存在は、アメリカ合衆国にとってなくてはならないのかもしれない。「アメリカ人」という言葉の奥深くには人種との関係がある。誰かを南アフリカ人と呼んでも、少しのことしか分からない。その意味をはっきりさせるには、「白人」や「黒人」や「カラード」といった形容詞を付け加える必要がある。この国では正反対だ。アメリカ人という言葉は白人を表す。そしてアフリカ系の人々は、民族性その他、修飾、修飾、さらに修飾を付け加えながら、この用語に自分たちも含まれるように闘う。アメリカ人には、不道徳で略奪的な貴族階級などいなかった。国民としての美徳というアイデンティティを彼らからもぎ取ると同時に、その貴族的な放埒さや豪華さを切望し続けるような相手はいなかったのだ。アメリカ国民はダンバーと同じように、その軽蔑と羨望を切り抜けた。すなわち、捏造された架空のアフリカニズムについて内省的に熟考することによってである。移住者やアメリカの書き手たち皆にとって、このアフリカ系の他者は、身体、精神、混沌、親切、そして愛情について考える手段となった。アフリカ系の人々は制限なしで、あるいは制限ありで実行したり、自由や攻撃について熟慮したりする機会を与えた。彼らは倫理や道徳を探究し、社会契約の義務を果たし、宗教に従いながら権力を隅々まで追求する機会を与えた。

国民文学の発展におけるアフリカ系の登場人物の現れ方を読み解き、図表にすることは、魅力的で、なおかつ急を要する仕事である。もしも我々の文学の歴史や批評を正確なものにしたいのならば、なおさらそうだろう。知的な独立を求める、というエマソンの申し立ては、空の皿を提供するという申し出のようなもので、その皿を書き手たちは、地元の産物の献立表から選んだ食物で満たすことができる。使われる言語はもちろん英語(イギリス)だろうが、その言語の中身、つまり主題は、意図的かつ明確に非イギリス的、反ヨーロッパ的でなければならない。そして修辞的には旧世界への崇敬を否認し、弁解の余地のない堕落したものとして過去を定義する必要がある。アメリカ人の特質の形成と国民文学の生成に関する研究においては、すでに多くの項目が列挙されている。その表に加えられるべき重要な項目とは、アフリカ系の人々の存在だろう——明らかに非アメリカ人で、明らかに他者である彼らが。

差異を確立する必要性は旧世界からもたらされただけではない。新世界の中にある差異からももたらされた。新世界に特徴的なのは、何よりもまず自由の主張であり、次いで民主主義の実験のど真ん中に不自由な人々が存在するということである——一部の非アメリカ人たちの、政治的・知的活動において生じている、民主主義の重大な欠如、その木霊、影、物言わぬ力こそが、新世界の特徴なのだ。その非アメリカ人たちの目立った特徴は、彼らの奴隷という地位、社会的地位、そして肌の色である。

もし不自由な人々がいなければ、自由の主張は様々な形で自壊していたかもしれない。これらの奴隷たちは、世界史に登場する他の多くの例とは違って、見た目がはっきりと異なっていた。そして彼らは、とりわけ肌の色の意味についての長い歴史を受け継いでいた。この奴隷とされた人々が、特有の肌の色をしていた、というだけのことではない。この肌の色は何かを「意味」していたのだ。その意味は、少なくとも、十八世紀当時から学者たちによって名づけられ展開されることになった。他の、そして時に同じ学者たちが、自然史と、奪うことのできない人間の権利——つまり人間の自由——の両方を研究し始めたのはこのころである。

もしアフリカ人たち全員の目が三つだったり耳が一つだったりしたら、人数は少ないものの征服者であるヨーロッパ人の侵略者たちとの違いを重要視することにも、何らかの意味はあると考えることができたかもしれない。いずれにせよこの二十世紀の終わりまで、肌の色に価値と意味があるとする主観について、疑問を持たれることはなかった。この議論で重要な点は、視覚的に表現された考え方と言語的な発言との協力関係である。そしてこの関係が、一般に受け入れられている知の社会的、政治的性質に繋がっていることは、アメリカ文学の中で明らかにされているとおりである。

どんなに平凡で実用的なものだろうが、知は言語的イメージの中を遊び回り、文化的慣習を形作る。文化に反応する――明確にし、分析し、価値を定め、解釈し、変形し、批判する――というのは、どこの芸術家もやっていることだ。特に、新たな国家の建設に関わっている書き手たちはそうである。奴隷制に深く関わっている自由の共和国に内在する矛盾への、個人的な、そして明確に政治的な反応がどういったものであれ、十九世紀の書き手たちは黒人たちの存在に関心を持っていた。より重要なのは、多かれ少なかれ情熱的に、彼らはこうした困難な存在について意見を述べていたことだ。

奴隷である人々に対する注目は、書き手たちが経験しただろう個人的な出会いには限られなかった。十九世紀の出版界で、奴隷の物語は大流行した。報道機関、政治運動、いくつかの党や選任された役人たちの政策は、奴隷制や自由についての議論で満ちていた。国家にとって最も危険な話題を知らない者がいれば、その人物はよほど孤立（アイソレイト）していたと言えるだろう。利益や、経済や、労働や、進歩や、婦人参政権や、キリスト教や、フロンティアや、新たな国家の形成や、新たな土地の獲得や、教育や、輸送(貨物と乗客)や、地域や、軍隊について語りながら――国が関わるほとんど全てについてだ――議論の中心、定義の中心において、アフリカ人や彼らの子孫という存在にどうして言及せずにいられただろうか。

そんなことはできなかった。だから、そうしたことは起こらなかった。しばしばなされたのは、主題を偽装しようとして作られた語彙を用いて、こうした主題について語ろうと努力することだった。それは常に成功したわけではなかったし、多くの書き手たちの作品において、偽装は全く意図されたものではなかった。けれどもその結果として生まれたのは、アフリカ人や彼らの子孫を代弁し、あるいは彼らについて語る支配的な物語だった。立法者の物語は、アフリカ系の人物からの反応とは共存できなかった。奴隷の物語がいくら人気だったとしても――そしてそれらは奴隷制廃止を唱える人々に影響を与え、奴隷制廃止に反対する人々を転向させはしたが――奴隷たち自身による物語は、たとえその語り手を多くの点で解放したとしても、その支配的な物語を破壊することはなかった。支配的な物語は自らを保つために、いくらでも修正を受け入れることができたのだ。

その主題によってもたらされた沈黙、そしてその主題についての沈黙は、当時の制度となっていた。沈黙のうちには、規律を維持しようとする物語とともに、またそのなかで生きた作家たちによって破られたものもあれば、維持されたものもある。私が興味があるのは、沈黙を維持するための戦略であり、沈黙を破るための戦略だ。若きアメリカを創始した書き手たちは、アフリカ系の存在や登場人物を、どのように作品に取り入れ、想像し、用い、生み出したのだろうか。こうした戦略は、アメリカ文学のきわめて重要な部分をどのように展開させたのだろうか。こうした道筋を発掘することは、その道筋が何をどう含むのかについての新鮮でより深い分析に、どのように繋がるのだろうか。

批評的な吟味が必要ないくつかの話題について考えてみよう。

一つめは、代理として、援助者としてのアフリカ系の登場人物である。アフリカニズムとの想像世界における出会いは、白人の書き手たちが自分自身について考えることをどのように可能にしたのだろうか。アフリカニズムの持つ自己言及的な特性の力学とはどういうものなのだろうか。たとえば『アーサー・ゴードン・ピムの冒険』において、アフリカニズムが、アメリカという空間についての対話を導くためにどのように用いられたかを見てみよう。アフリカニズムを用いながら、ポーは場所について熟考する。境界線がないことや不法侵入への恐怖を封じ込める手段としての場所であり、同時に、限界のない空っぽの辺境への欲望を解放し探求する手段としての場所についてである。他のアメリカの書き手たち(マーク・トウェイン、メルヴィル、ホーソン)の作品において、アフリカニズムが愛や想像力を管理する手段として用いられているのを見てほしい。そうした愛や想像力は、罪悪感や絶望といった精神的な負担から逃れるための砦となっている。ここでアフリカニズムは、自分が奴隷ではなく自由だと、いとわしくはなく望ましいと、無力ではなくきちんと認められており力を持つと、歴史なき者ではなく歴史に基づいていると、呪われておらず無垢だと、進化のなかで偶然生じた事故ではなく運命の進歩的な到達だと、アメリカ人としての主体が知るための手段となっている。

批評的な注意を向けるべき二つめの論題は、差異を打ち立てるために、そしてより後の時代では近代性を示すために、アフリカ系の人々の訛りがどう用いられているかである。特定の主題、恐怖、意識の形、そして階級間の関係が、アフリカ系の人々が話す訛りを使用することのなかにどう組み込まれたかを分析する必要がある。黒人の登場人物たちによる会話が、それを見慣れぬものにするための綴りを用いることで、意図的に理解不能なものとされ、どう異質で奇妙な方言となっているのか。アフリカ系の人々の言語実践は、語ることと語らないことの間の緊張を高めるためにどう用いられているのか。

会話と書かれた文章、という二つに分かれた認識世界を打ち立て、それにより階級間の区別と他者性を強化し、加えて特権と権力を明示するためにどう用いられているのか。違法な性行為、狂気への恐怖、追放、強い自己嫌悪の目印かつ伝達手段としてどう用いられているのか。そして最後に、黒人の訛りとそれが暗示するようになった感性は、そこから連想される価値へとどのように勝手に転換されているかを見なければならない。彼らの訛りと感性は現代的なあり方に――最先端であること、洗練されていること、極度に都会的であることに――どういう価値を付与したかということを。

三つめに、白人であるということの発明と含意を描写し強化するため、アフリカ系の登場人物たちが利用された、技術的な方法についての研究が必要である。白人登場人物たちの目的地を定め、彼らの美質をよりよく見せるために、黒人登場人物たちがどう戦略的に用いられてきたかを分析する研究が必要なのだ。他者を知ろうとして彼らを構築する、そしてまた、内と外の混沌を和らげ秩序を与えるべく、他者についての知識を示そうとして彼らを構築する、という過程を、こうした研究は明らかにするだろう。他者の性や弱さや無秩序に偽装された形を通じて、自分自身の身体について探究し動作すること――そしてまた、処罰や気前の良い援助という規律的な装置を使いながら、他者に投影された混沌を支配することを可能にする過程を、こうした研究は明らかにするだろう。

四つめに、自らの人間性について熟考するための――安全でも危険でもある――手段として、アフリカ系の人々に関する物語(すなわち黒人についての話であり、束縛かつ／または拒絶される経験)がどう扱われてきたかについて分析する必要がある。そうした物語の記述や盗用が、制限や苦痛や反乱について熟考し、また運命や宿命について思索する機会を提供しているのを、こうした分析は明らかにするだろう。倫理についての議論や、振る舞い方に関する社会的一般的作法や、文明や理性についての主張とその定義のために、そうした物語が使われていることを分析するだろう。そうした物語が、黒人の歴史のなさや文脈のなさにまつわる仮定を通じて、白人の歴史や文脈の構築に使われていることを、このような種類の批評は示すだろう。

以前から現状維持に用いられてきた施策について制限なくじっくり眺め始めると、こうした話題は次から次へと表面化してくる。これらはこの国の文学を、知識の集合体として、はるかに複雑で得るところの多いものにするように私には思える。

より明らかにするために、二つの例を見てみよう。一つは著名なアメリカの小説であり、ジャンルとしてのロマンスの起源であり、なおかつ批評ともなっている作品である。もう一つはポーの作品に登場する物言わぬ白いイメージで、先ほど、後で触れると言った約束を果たすものである。

もし我々が『ハックルベリー・フィンの冒険』についての読みを補足し拡大して——地方や、河の神や、アメリカ性の持つ根本的な無垢へと逃げ出す、という感傷的な妙案の支配から読みを解放するとして——南北戦争前のアメリカに対する、論争的かつ闘争的な批評を具体化するとしたら、それはまた別の、より充実した小説として現れてくるだろう。より素晴らしく複雑な作品となり、その中心部にあるアフリカ系の存在の持つ含意についてじっくり考えようとしない伝統的な読みが積み残してきた、いくつかの問題に多くの光を当てるだろう。階級や人種についての批評もある程度は存在するものの、ユーモアや純真さによって偽装されている、あるいは強化されていることを我々は知っている。ユーモアや冒険や純真な子供たちの視点が組み合わされているおかげで、マーク・トウェイン作品の読者たちは自由に、その小説が持つ批評性や論争的な性質から目を逸らし、抜け目のない無垢さの称揚に注目しながら、同時にその作品が強く押し出す、人種に関する不都合な態度への上品ぶった当惑を口にできる。初期の批評(一九五〇年代の再評価のことであり、おかげで『ハックルベリー・フィン』は偉大な小説だとみな

されるようになった)が作品内にある社会的な不和を見逃し、あるいは退けたのは、この作品が社会や文化のイデオロギー的な前提と同化しているように見えるからだ。そしてまた、それが社会的地位のない子供の声によって語られ、彼の視線によって支配されているからだ――彼は外側にいる周辺的な人物で、彼がひどく嫌い、決して憧れることなどないように見える中産階級の社会から、すでに「他者化」されている。さらにその小説が、滑稽で、パロディ的で、誇張されたほら話の形式という仮面を付けているからだ。

この若いが世慣れた純真なハックは、ブルジョワ的な欲望や憤怒や無力による堕落を免れた無垢な人物だが、マーク・トウェインは彼に、奴隷制や中産階級気取りの人々の自惚れに対する批判、エデンの園が失われていることへの抵抗、そして社会的な個人になることとの困難を刻み込んだ。しかしながら、ハックの奮闘を引き出したのは黒んぼのジムである。そして(私が先に解明しようと試みた理由で)自分は誰なのか、そして何なのか――あるいはより正確に言えば、何でないのか、に関するハックの熟考と黒んぼという言葉が不可分な関係にあることは絶対的に必要なのだ。アメリカ(あるいは「世界的」ですらある)小説としての『ハックルベリー・フィン』が偉大である、あるいは偉大であると言っていいことについての主要な論争は、論争のままであり続けている。なぜならそれらは、奴隷制と自由の相互依存、ハックの成長とそれへのジムの貢献、そしてマーク・トウェイン自身が自由な地域への旅を継続し探究できなかったことについての詳細な検討を避けているからだ。

重大な論争は、この小説のいわゆる破滅的な終末部分における崩壊に集中している。この終末部分は、トム・ソーヤーを、彼がいるべき舞台中央に連れ戻すための素晴らしい工夫だと言われてきた。あるいはそれは、冒険物語のはらむ危険や限界を巡る素晴らしい戯れである。あるいはそれは、長いスランプ期間の果てに物語の方向性を見失い、うんざりしてしまって、真面目な大人の主題から子供のためのお話へ戻った著者の作品の、悲しく混乱した終末部分である。あるいはその終末部分は、ジムとハックにとって貴重な学びの機会であり、彼らも我々もともに感謝すべきである、云々。いまだ強調されていないのは、この小説の境界内にあるかぎり、アメリカにおいてハックがジムなしに倫理的な人間へ成熟する方法はない、ということだ。ジムを自由にしたり、彼をオハイオ川の河口に入らせ、自由な地域へ進ませたりすれば、この本の前提すべてを捨て去ることになってしまう。想像の産物である小説内で、ハックもマーク・トウェインも、ジムを解放するわけにはいかない。そうすれば、ジムへの愛着そのものが吹き飛ぶことになる。

こうして致命的な終末部分は、必然的に不自由なアフリカ系の登場人物による必然的な逃亡の、入念な繰り延べとなる。なぜならハックやこのテクストにとって、奴隷状態という恐るべきもの、個人主義への鎮静剤、他人の人生を左右する絶対的な力の基準、持ち主の名前が記され、はっきりと見てわかり、人を活気づけ、白人とは明らかに異なる黒人奴隷の存在を欠いた自由など、何の意味もないからだ。

この小説はその構造的体系の全ての部分において奴隷の身体や人格に注意を払い、そしてまた、その全ての裂け目において、それらについて長々と語っている。奴隷の体や人格とはつまり、彼らはどう話すのか、どのような合法違法の熱情の餌食になっているのか、どんな痛みになら耐えられるのか、もしあればだが、その苦しみに限界はあるのか、どのような許しや共感や愛情の可能性があるのか、などである。この小説では二つのことが印象的だ。白人である友人や主人に対して黒人男性が抱く愛や共感が、限りなく大きいように見えること、そして白人たちが自身で言うとおり、より優れ成熟した存在なのは当然だ、と黒人男性が思っていることである。見てすぐわかる他者としてのジムの描写は、許しや愛情を求める白人たちの切なる願いとして読むことができる。だがこの願いが満たされるのは、(奴隷としてではなく黒人として)自分は劣っているとジムが認め、さらにそのことを彼がひどく嫌っている、とされる限りにおいてのことだ。迫害者たちが自分を苦しめ侮辱するのをジムは許し、その苦しみや侮辱に無限の愛で応える。ハックやトムが彼に与える侮辱は奇妙で、終わりがなく、ばかげていて、心を弱らせる――しかもそれは、ジムが大人で、思いやりのある父親で、繊細な男だと我々が知ったあとのことなのだ。もしジムがハックと友達になった白人の元犯罪者だったら、こうした最終部分が思い描かれたり書かれたりすることはなかっただろう。なぜなら、彼が倫理観のある大人だ、と我々に明かされたあとで、二人の子供が(属する階級や受けた教育や、逃亡者であるなしにかかわらず)白人男性の人生を、痛々しいほどもてあそぶことは不可能だっただろうからだ。ジムが奴隷であることで、こうしたいたずらや繰り延べは可能となっている――だがまた、様式や語りの手法において、彼が奴隷であることは奴隷身分と自由の(実際においても想像上でも)獲得の関係を劇的にしている。ジムは控えめで、愛情深く、不合理で、情熱があり、人に依存し、口下手に見える(彼とハックのあいだで交わされた「話」は別としてだ。我々にはわからない、長く楽しい話においてはである――だがいったい何を話したんだい、ハック)。探究すべきは、ジムがどう見えるかではない。むしろマーク・トウェインやハックや、特にトムがジムに何を求めているか、にこそ我々は注意を向けるべきだ。その意味において、この本はもちろん「偉大」なのだろう。なぜなら、その構造のなかで、そして最終部分でこの本が読者に経験させる地獄のなかで、この本は正面からの議論を読者に強い、白人の自由が寄生的な性質を持つことを模擬的に示し、記述しているのだから。

『ハックルベリー・フィン』の四十年前、ポーの作品においても同じく、アメリカの自己という概念がいかにアフリカニズムに結びつけられ、またそれへの依存が隠されていたかを、我々は知っている。(『アーサー・ゴードン・ピム』だけでなく)「黄金虫」や「『ブラックウッド』誌流の作品の書き方」に目を向ければ、農園主階級ぶったこの書き手が、アメリカ文学によくある「他者化」という文学的な技術をどれほど切望していたかの実例を見て取れる。それはつまり、異化する言語、比喩的な圧縮、盲目的崇拝という戦略、紋切り型の使用による簡潔さ、寓話的な排除である。これらは彼の登場人物たち(そして読者たち)のアイデンティティを堅固にするために用いられた戦略だ。しかしそこには、作者が統御しきれない過ちが存在する。「黄金虫」で黒人奴隷のジュピターは、彼の主人を鞭打ったとされる。「『ブラックウッド』誌流の作品の書き方」で黒人召使いのポンペイは、女主人の戯れを前にして黙り込み、批判的に立ち尽くす。そしてピムは黒人の野蛮人たちに出会う前に人食いを行う。彼らの手から逃れ、黒人男性の

死を目撃すると、彼は不可思議で言葉では言い表せない白さへと漂っていく。

黒さという禁じられた領域へ向かう文学的な旅の最後において、我々はもう一つ別のイメージを思い出すことになる。フォークナーの『アブサロム、アブサロム!』では、重大な意味を持つアフリカの血を延々と探し続けたあと、雪や人種の消滅というイメージの前に我々は置き去りにされるのではないか。——そうとも言えない。シュリーヴは自分がアフリカの王の血を引き継いでいると見なしている。雪は無意味で理解不能な白人性の荒野を示しているらしい。「キリマンジャロの雪」で、ヘミングウェイのアフリカにおけるハリーの運命と死の夢は、「偉大で、高くそびえ、太陽の陽を浴びて信じ難いほど白い」山頂に集約される。『持つと持たぬと』は白いボートのイメージで終わる。ウィリアム・スタイロンはナット・ターナーの旅の終わりを、白く漂う大理石の構造物で始める。それは窓もドアもない奇妙な建物だ。『雨の王ヘンダソン』でソール・ベローは主人公のアフリカ往還の旅を、氷の上、白く凍てついた荒れ地の上で終える。ヘンダソンはアフリカ系の子供を両腕に抱き、黒い王の魂を鞄に詰めて、白く凍った地面の上で踊り叫ぶ。彼は新たに見つかった土地にいる新たな白人男性だ。「北極の灰色の静寂に覆われた、混じりけのない白い大地の上で、飛び跳ね、足音高く歩き、寒さで肌をひりつかせる」。

もし我々がアフリカニズムとのこうした出会いの持つ自己言及的な性質を追究すれば、以下のことが明らかになるだろう。黒さのイメージは邪悪かつ保護的で、反抗的かつ寛大で、恐ろしくかつ好ましくあり得る——自己の矛盾した性質をすべて兼ね備えているのだ。白さそのものは、無口で、無意味で、理解不能で、不毛で、凍りつき、ベールで覆われ、カーテンで遮られ、恐れられており、無分別で、無慈悲だ。少なくともそのように、書き手たちは言っているように思える。

＊3　Bernard Bailyn, *Voyagers to the West: A Passage in the Peopling of America on the Eve of the Revolution* (New York: Alfred A. Knopf, 1986), pp. 488–492.

＊4　Dominick LaCapra, *History, Politics, and the Novel* (Ithaca: Cornell University Press, 1987), p. 4.

第三章　不穏な看護師たちと鮫たちの親切

だが黒人女たちが横たわり
男の子を待っている場所には
なおまた特別な
地獄があった――

ウィリアム・カーロス・ウィリアムズ
「アダム」より

人種は比喩的なものとなった――様々な力や出来事、階級について言及すると同時に覆い隠すための、一つの方法となったのだ。そしてまた、生物学的な「人種」が常にそうであったよりもはるかに国家にとって脅威的な、社会的腐敗や経済格差の表現ともなった。人種差別には多額の費用がかかるし、経済的に不健全で、選挙運動においてもうわべだけの虚しい政治的利点にしかならないにもかかわらず、啓蒙主義の時代と同じくらい、現在においても盛んである。人種差別には、経済性を補って余りある、また異なる階級どうしを隔離しておくのをはるかに越えた、有用性があるということだろう。日々の会話にあまりに完全に埋め込まれた状態で、比喩として当たり前のものとなってしまったために、おそらく以前よりさらに必要不可欠かつあからさまなものとなっていると思われる。

社会的、政治的振る舞いにおける人種差別の賞味期限についてもし不正確に語っているとすれば、私にはいつでも修正を受け入れる覚悟がある。けれども、人種の比喩的、そして形而上学的な使用法は、アメリカ文学やアメリカの「国家的」特質において現に明確な位置を占めているし、文学を研究しようとする学者にとって、それは主要な関心事であるべきだ、と私はいまだ確信している。

この最後の章で私は、アメリカにおけるアフリカニズムの変容に注目し、時代を遡って調べてみたい。それは当初、階級的な差異を構築するという、とても単純で、だが不穏な目的のために用いられていた。それが差異の消滅に関する自己言及的な思考の代理物となるまでを、そしてまた、恐怖や欲望という修辞のなかで完全に開花した華々しい存在となるまでを見ていきたい。

アフリカニズムが形而上学的な必要性を帯びるようになった、という私の問題提起は、それがイデオロギー的な有用性を失ったことを意味する、と理解されるべきでは全くない。黒人たちは劣っているという憶測や人種間の差異の階層化によって、権力は略奪や支配を合理化し、そのことでいまだ不正な利益を獲得し続けている。人種という比喩表現の中に階級闘争や怒りや無能を隠してしまうことによって、民主的な平等主義という夢が可能となり続けているおかげで、国民にとって大きな慰めが得られているのだ。そして「個人主義」や「自由」といった、スモモのように芳醇な記憶からは、とても多くの果汁が搾り取られている。もっとも、そうした果実が実っている樹とは、自由とは正反対の奉仕を強いられた黒人たちなのだが。すなわち、強制された紋切り型の従属関係が背景にあるとき、個人主義は前景化され(その存在を信じられ)るのである。(動くための、稼ぐための、学ぶための、権力の中心と結びつくための、世界について物語るための)自由は、束縛され不自由にされた人々、経済的に抑圧されている人々、周縁化されている人々、黙らされている人々がすぐ近くにいるときにこそ、より深く味わえるのだ。人種差別へのイデオロギー的な依存はいまだ手つかずのままで、その形而上学的な存在同様に、歴史的、政治的、そして文学的言説において、道徳や倫理に関して考察する際の安全な道筋を提供してくれる。それは心身の二分について検討するための、正義について考えるための、また近代社会について熟考するための道筋でもある。

白人のアメリカは、倫理や道徳の問題、精神の優越と身体の脆弱さ、進歩と近代がもたらした恩恵と責務について考慮する際に、黒人たちのおかれた状況に言及したことなどない、という意見がきっとあるだろう。さらに、こうした主題を熟考する際に必ず黒人たちに言及してきた、と言うに足る証拠などいったいどこにあるのか、と論じられることだろう。こうした質問に対する私の答えは異なる。むしろ、そうした言及のない場などあるだろうか。

黒人たちへの言及が存在しない公的言説などあるだろうか。この国の最も激しい闘争のすべてにそれは存在する。憲法の立案においてだけでなく、財産を持たない市民たち、女性たち、そして無学な者たちに参政権を与える戦いにおいても、黒人たちの存在は重大事項として言及されている。無料の公立学校体制の構築、立法府における代表の均衡化、法学や正義の法的定義においても言及されている。神学の言説、銀行の記録、移民たち全員をアメリカ市民の共同体に受け入れる儀式に(先行はしていないとしても)伴う、明白な運命という概念や、他に卓越した物語においても言及されている。すべての子供たちが自身の特徴を学ぶ最も初めの授業から、ジェンダーや家族の絆と並んで、黒人たちの存在は当然なものとして教えられる。アフリカニズムはアメリカ性の定義から切り離すことはできない――その起源から、人種統合された、あるいはそれが崩壊していった二十世紀のアメリカ的自己に至るまで。

アメリカ合衆国の文学は、その歴史同様に、人種的差異に関する生物学的、イデオロギー的、そして比喩的概念の変化についての論評を示してきている。だが文学の関心事や主題はそれだけではない。自らを取り巻く外部世界と交渉する、私的な想像力も主題となる。文学は比喩的な言語を用いながら、アフリカニズムを巡る社会的慣行を配置し直し、変容させる。ミンストレルショーでは、白人の顔が黒く塗られることで、アフリカニズムは法から解放される。黒い顔を通して、あるいはそれとの繋がりにおいて、芸人たちが今までタブーだった話題を許されるものにできたように、アメリカの書き手たちは、想像上のアフリカ系の登場人物を用いながら、アメリカ文化において禁止されたものを表現し、架空のものとして演じることができたのだ。

暗号化されていようがあからさまだろうが、間接的だろうが直接的だろうが、アフリカ系の人々の存在に対する言語的反応は、テクストを複雑にし、時に完全に矛盾したものとしてしまう。アメリカのアフリカニズムに対する書き手の反応は、しばしばテクストの背後にもう一つの意味をもたらす。こうした意味は、はっきりと言葉にはならないが、それでも現れてこようとする何かをぼんやりと示す言葉を通じて、テクストが表面で述べている意図を破壊したり、それから逃れ去ったりする。アフリカニズムに対する言語的反応は、反響したり照明を当てたりして主題をさらに問題化することで、テクストに貢献するのだ。そうした反応は、エデンの園やそこからの追放、また恩寵の可能性について黙想する際の、寓話的素材としてテクストに貢献する。あるいは逆説や多義性をもたらし、省略、反復、崩壊、両極化、具体化、そして暴力を戦略的に利用させる。言い換えれば、それはふだん我々に提供されている健全なものよりも深く、豊かで、複雑な命をテクストに与えるのだ。

フォークナーについての本で、人種的分離の「問題点は、文章に書かれることで最も明確になる」とジェイムズ・スニードは論じている。

人種差別は、修辞的策略を操る語り手が、主導権を握るためによく使う手である。人種的分離を巡る特徴的な修辞は、音素、文、話といくつものレベルで繰り返される。(一)混交、あるいはアイデンティティ喪失への恐怖。こうした恐怖は、自分とは違う人種との相互強化的な融合を通じて引き起こされ、差異を保つための隔離戦略として人種的浄化を使用したい、という願いにつながる。(二)肉体的に重要な(たいていは見て取れる)特徴を際立たせ、あるいは与えること。こうした特徴には内的な等価物が存在し、目に見えて対照的であることによって、その概念的な有用性が研ぎ澄まされる。㈢空間的、概念的隔離。これは、価値があり尊重されている領域から下位層の人々を排除し遠ざける傾向を持つ、不平等な言語的置き換えによってしばしば促される。㈣書くこと、物語ること、あるいは噂することにおいて、こうした反対物を反復したり、冗語法を用いて強化したりすること。㈤激しい非難や脅迫。実際の、あるいは想像上の犯罪を罰するための、偶然で予測不可能な暴力が例となる。㈥差別は明らかに正当で自然なものだ、と主張する一種の逆言法を用いて、こうした過程をわざと言わずに隠すこと。

彼は続ける。「フォークナーは自らの文学的技巧を使って、こうした社会的修辞に対抗している」。*5

スニードが立ててくれたカテゴリーに続ける形で、黒人たちの持つ重大な意義を扱うために創作で用いられる、いくつかの一般的な言語的戦略の一覧を作っておくと便利かもしれない。

一　紋切り型による節約。このおかげで書き手は、特殊性、正確性、さらには物語上有用な記述をしなければならないという責務を果たすことなく、手早く簡単にイメージを作り出すことができる。

二　換喩的置換。これは大いに役立つようでじつはそうでもなく、こうした置き換えへの読者の共犯をあてにしている。コード化された肌の色や他の肉体的特徴は換喩語となり、アフリカ系の登場人物を意味するというより、単なる言い換えとして使われる。

三　形而上学的圧縮。このおかげで書き手は、社会的、歴史的差異を、普遍的な差異へ置き換えられる。たとえば人間を動物へ格下げすることは人間的な接触や交換を妨げる。発言を唸り声やそれ以外の動物の立てる音と同一視することは意思疎通の可能性を閉ざす。

四　呪物化。これは性愛を巡る恐怖や欲望を掻き立てることや、差異がそもそも存在しないか、もしくは極小であるところに、確固とした重大な差異を打ち立てるのに特に役立つ。例えば血はよく使われる呪物である。つまり、黒い血、白い血、血の純粋性などだ。白人女性の性的な純潔さ、アフリカの血やセックスによる汚染、というふうに使われる。呪物化は、文明と野蛮を別のカテゴリーとして切り分ける絶対主義を強く主張するためにしばしば用いられる戦略である。

五　寓喩の非歴史化。これは暴露よりむしろ排除をもたらす。もし差異があまりに巨大で、文明化の過程に無限の時間がかかるとされるとき――どれくらいとは言えないほど莫大な時間がかかるとされるとき、変化の過程としての歴史は文学に登場する出会いから排除される。フラナリー・オコナーの素晴らしい短編「人造黒人（ニガー）」は、ヘッド氏の勝ち誇ったような人種差別的見解について述べながら、これを行っている。カーソン・マッカラーズは『心は孤独な狩人』で、登場人物たちのあいだに寓喩を配置しながら、終わりの避け難さと独白の虚しさを嘆く。メルヴィルは寓喩的な組み立てを用いて――白いクジラ、人種的に多様な乗組員、黒人と白人という二人の男性の組み合わせ、不可解な白さに立ち向かう白人男性の船長による追究と探究――階層的な差異を研究し分析する。ポーが『アーサー・ゴードン・ピムの冒険』のなかに寓喩的な仕組みを配置したのは、メルヴィルのように人種的差異にともなう袋小路や疎外や論理的矛盾と向かい合い、それらを探究するためではなく、回避すると同時に記録するためだ。ウィリアム・スタイロンは『ナット・ターナーの告白』を、封印された白い建物で始め、終わらせているが、それは彼の従事した大事業が敗北したことの寓喩的表現として機能している。その大事業とは、黒人と白人を隔てる壁の突破だ。

六　爆発的で支離滅裂な、反復の多い言語という様式。これはテクスト内でコントロールが失われたことを意味するが、その特性が付与されているのはテクスト自身の力学ではなく、その注視の対象となっている人物である。

私がこうした言語的戦略について長々と語ってきたのは、それらをある具体的な作品の分析において使いたいと思っているからだ。

◇

アーネスト・ヘミングウェイに対する私の興味が高まるのは、彼の作品がアフリカ系アメリカ人たちからどれほどかけ離れているかについて考えるときだ。どういうことかというと、自分の作品の読み手として、あるいは自分の想像で作り上げた(そして想像の中で生きた)世界の外に存在する人々として、彼はアフリカ系アメリカ人に対して、何の必要性も欲望も意識も持ち合わせていない、ということである。したがって、彼のアフリカ系アメリカ人たちの使い方は、ポーのそれよりもはるかに無邪気で無自覚だとわかる。たとえばポーの作品においては、社会的不安を表すために、卑屈な黒人の肉体が必要とされたのだが。

ヘミングウェイの作品は、十九世紀のイデオロギー的な政治課題と無関係であるだけでなく、近年のポストモダン的な感受性と呼ばれるようなものからも自由だと言える。このことを念頭に、ヘミングウェイの創作がアフリカ系の存在にどれだけ影響を受けているか――そうした存在のおかげで彼の作品がいつ自らを裏切り、いつ自らと矛盾し、何かを決断しようとする試みにおいていつアフリカ系の存在に頼っているのか――を見れば、それらを「純粋な」事例として、私がここまで唱えてきたいくつかの命題を吟味できるだろう。

私は『持つと持たぬと』(一九三七年刊行)という、意図して政治的に書かれたと多くの人々に言われている小説から始めたい。中心人物であるハリー・モーガンは、古典的なアメリカのヒーローを体現していると思われる。彼は自分の自由や個性を制限しようとする政府と戦う孤独な男だ。生活(遠洋漁業)のために自らが破壊している自然を、ロマンチックに、また感傷的に尊敬している――有能で、世慣れていて、利口で、そうではない人々には我慢ならない。自分は男らしく、危険を冒し、危険を愛し、正直で、潔白だ、と自分で思い込んでいるので、我々がそれに対して疑問を抱いたり、異議を申し立てたりするのがひどいことに思えてくる。私がまさにそうする前に、ハリーが利口で、男らしく、自由で、勇敢で、倫理的だ、とヘミングウェイがどのように読者に示しているかを見ていきたい。

小説が始まってたった十ページで、我々はアフリカ系の人物と出会う。ハリーは自分の船の乗組員に「ニガー」を加えるが、その男は第一部全体を通じて名前がない。彼の出現はこの文章で告げられる。「ちょうどそのとき、釣餌を取りにやったニガーが波止場を歩いてきた」この黒人男性は五部にわたって名前がないだけでなく、きちんと雇われてさえいない。ただ「釣餌を取りにやった」誰かなだけだ——訓練された反応をするだけで、ちゃんと職を得た主体ではない。旅に参加させるのを白人客のジョンソンは嫌がるが、この黒人男性の腕前が優れている、という理由でハリーは反論する。「彼は良い餌を付けるし、仕事が速いんだ」それ以外の時間は、この名前のない男は眠っているか新聞を読んでいる、と我々は告げられる。

第二部で作者が人称を変化させたとき、この名無しの人物にとても興味深いことが起こる。第一部は一人称で語られ、この黒人男性についてハリーが考えるとき、彼は常に「ニガー」と呼ばれる。それが第二部で、ヘミングウェイが三人称視点を用いてハリーの発言を物語り、描写するようになると、この黒人に関して二つの表現方法が現れる。彼は名前のない紋切り型の存在であり続けると同時に、名前のある個性を持った人物ともなるのだ。

この黒人男性との直接の会話において、ハリーは彼を「ウェスリー」と呼ぶ。語り手として黒人男性に言及するとき、ヘミングウェイは「ニガー」と書く。言うまでもないが、この黒人男性が(ヘミングウェイの頭の中以外では)同一の人物だと説明されることは全くない。第二部では「男（マン）」と言う言葉はハリーのために取っておかれ、繰り返し使われる。空間的な、そして概念的な差異は、「ニガー」という表現が持つ、肌の色や階層についてのあらゆる含意によって可能となる近道を通じて記される。その表現は人間と動物のあいだの領域を占めており、したがって、登場人物としての特性は控えめにしか提示されない。黒人の登場人物は喋らないか(「ニガー」としての彼は沈黙している)もしくは非常に抑えられ操作されたやり方で話す(「ウェスリー」としての彼はハリーの役に立つ分だけ話す)。「ニガー」の沈黙を維持することは、この活動的な物語では難しい。だからそのためにヘミングウェイは、いささか骨の折れる工夫をしなければならない。

第一部で、船長と顧客の両方を失望させることになった釣行の途中、決定的な瞬間に、ボートは釣果が見込める水域に入っていく。ハリーはジョンソンを指導している。黒人男性は舵を取っている。黒人男性は餌を用意する以外、新聞を読んだり寝たりしているだけだ、と先ほどハリーは言った。けれどもハリーは同時に二つの重要な場所にはいられない。すなわち、無能なジョンソンを教育しながら船を導くことはできない、とヘミングウェイは気づく。ここで、じつはもう一人船に乗っていることを思い出しておくのは重要である。エディという名前のアルコール依存症患者で、船の舵を取る責任を負うには頼りなさすぎるが、それでも男らしさと発言権と身体的特徴についての描写は与えられている。エディは白人で、そのことが我々に分かるのは、誰も彼がそうだとは言わないからだ。ともあれ今、ハリーは顧客の世話をしていて、エディは気持ちよく酒を飲み前後不覚になっている。ならば船の舵を取るのは黒人男性しかいない。

釣果の見込める水域にやって来たという印が現れたとき——ボートの船首の向こうで水面から魚が飛び上がるのが見えたのだ——最初にそれを発見すべきは、前を向いている乗組員だろう。実際のところそうだ。ここで最初にこの「ニガー」に目撃させながら、今まで一言も発していない彼の口封じをどう維持し続けるかが問題となる。その解決法は不思議なほどぎこちなく、奇妙に組み立てられた文章である。「そのニガーはいまだ船を進めていた。そして前方で水面から勢いよく飛び上がる魚の群れを彼が目にしたのをおれは見た」[*6]。「彼が目にしたのをおれは見た」というのは、構文的にも意味的にも時制的にもありえない。だがヘミングウェイは、黒人が喋るという事態を避けるために危険を冒した。他のありえた選択肢を取ったとしても、同じことだろう。他の誰かがすでに見たということをどうやって見ることができるのか。こうして、彼はこの問題に直面することになる。

より良い、あるいは間違いなくより適切な選択肢は、その光景を見た黒人に声を上げさせることだ。だがこの物語の持つ差別の論理のせいで、名前がなく、性別がなく、国籍がないこのアフリカ系の存在が、ハリーの仕事にとって重要な言葉を最初に発することは許されない。見る人物には、力と権威がある。見る力を持つのはハリーだ。自身ではそうは言わないが、黒人男性は受け身で無力である。彼を黙らせ、重要な言葉を発する機会を彼に与えないせいで、作者は透明な物語を紡ぐという探究の機会を失い、そしてまた、奇妙なほど沈黙に包まれた航海士と船長の関係を打ち立てねばならなかった。

小説の初めからこの登場人物を人間扱いし、きちんと性別も与えたとして、どのような犠牲を払うことになっただろうか。一つには、ハリーは非常に違った立場に置かれる――区分される、限定される――だろう。彼は無力なアルコール依存症患者や、卑しむべき顧客や、独立した人生を生きていると少なくともほのめかされている、個性ある乗組員と比べられることになる。ハリーは性的興奮や、彼の男らしさと能力を脅かす可能性や、隠された暴力を暗示する漠然とした存在と並べられ、連想で結び付けられることがなくなる。結局のところ彼は、ある意味で縛られ、固定され、不自由で、役に立つ、自分とは互いに補い合う関係にある人物を失うのだ。

この小説が始まってすぐ、黒人の乗組員が登場する前に、カフェの外で起こる発砲によって、暴力がすぐ近くにあることが強調される。この場面に登場するキューバ人たちは国籍(キューバで生まれたすべての人はキューバ人だ)によってではなく、黒人と非黒人、黒人とキューバ人というふうに分けられる。この虐殺において黒人たちは、最も理由なく暴力的で野蛮な人々とされる。ヘミングウェイは書く。

小型機関銃を持ったニガーは路面に顔をつけんばかりの状態で、ワゴン車の後部に向かって下からぶっ放した。すると案の定、一人やられた……ニガーは三メートル離れたところから男の腹を小型機関銃で撃った。それは最後の弾だったに違いない……パンチョの野郎はドサッと座り込み、前に倒れた。起きようとしながら、まだルガー拳銃を握っていた。頭を持ち上げることもできなかった。運転手のわきに停まっている自動車の車輪に立てかけてあった散弾銃をニガーは取り上げ、パンチョの頭を横から吹き飛ばした。大したニガーだ。

第二部でハリーとその黒人乗組員は実際に会話するし、黒人男性はたくさん喋る。しかしながら、黒人男性が話すのはハリーを引き立てるためであることは明らかだ。黒人男性がいつ何を言うかは、ハリーへの感嘆を掻き立てるために仕組まれている。ウェスリーの話は不平や、愚痴や、自分の弱さへの言い訳ばかりだ。ウェスリーの不平やうめき声や弱音を我々は三ページにわたって聞かされる。こうした弱さは銃で撃たれた怪我への彼の反応だが、そのあと我々は、ハリーも撃たれており、しかも傷はウェスリーよりひどい、と告げられる。対照的に、ハリーは自分の痛みについて語らず、ウェスリーの泣き言を同情を持って聞き、素早く冷静な男らしい身振りで、舵をとったり密輸品を船上に投げ上げたりと、難しい仕事をこなす。我々がウェスリーの言葉を聞くあいだ、より深刻なハリーの痛みの詳細は先延ばしにされる。


「撃たれたよ」

「あんたは怖いだけさ」

「いやだんな、撃たれたよ。ひどく痛むんだ。夜中ずきずきした」（中略）

「痛むんだ」ニガーは言った。「ずっとどんどん痛くなる」

「気の毒に、ウェスリー」男は言った。「でもおれは舵を取らなきゃならない」

「あんたは人を犬みたいに扱うんだな」ニガーは言った。もはやけんか腰だった。けれども男はまだ彼を気の毒に思っていた。


我々やハリーの我慢がついに限界に達したところでこんなやりとりが交わされる。「「ひどく怪我してるのは誰なんだい」ハリーは彼に訊ねた。「おれか、それともあんたか」「あんたのほうさ」ニガーは言った」。

呼び方(「ニガー」「ウェスリー」そして一度は「ニグロ」)の選択と配置は、恣意的で理由のないものに見えるかもしれない。だが実際にはそれは入念に組み立てられている。仲間との会話でハリーは、(仲間にではなく)読者に不快感を与えることなく——思いやりのある行動をするという自身の主張を手放すことなく——ニガーと言うことはできない。だから彼は名前を呼ぶ。しかしながら、こうした義務は作品を紡ぐ語り手には関係ない。彼は常に一般的かつ侮辱的な用語を用いる。「そのニガーは袋に顔を押し当てて泣きわめいた。男はゆっくりと酒の入った袋を持ち上げて、舷側から投げ落とした」いったんウェスリーが謝罪し、自らが劣っていることを認め受け入れると、ハリーは相手の名前とともに「ニガー」を直接の会話で使えるようになるし、実際に使う——仲間としてのくだけた会話のなかでだ。「「ハリーさん」ニガーは言った。「そいつを投げ落とすのを手伝えなくてすいません」「いいよ」ハリーは言った。「撃たれたら、どんなニガーだって役立たずさ。あんたはちゃんとしたニガーだよ、ウェスリー」」

私はこの黒人男性の発言にある主要な二つのカテゴリーについて触れた。不平と謝罪である。だが三つめのものがある。会話全体を通して、二人の男が——一人は冷静に、もう一人はべそをかきながら——苦しんでいるあいだ、黒人男性は泣き言と恐怖の合間に白人男性を批判しているのである。この合間の発言が興味深いのは、ハリーのもう一つの姿を描写しているからだ——非人間的な否定と悲運の人物としてのハリーである。こうした合間はヘミングウェイの小説では何度も繰り返し現れる。悲運の予言として用いられる、非人間性への非難は、彼の作品に登場する黒人たちによってたびたび語られる。「人間の命ってのは、酒の積荷より大事なんじゃないんですか」ウェスリーはハリーに訊ねる。「人は正直で真っ当でいて、真っ当で正直な生活を送るべきなんだ……あんたは人がどうなろうと気にしない……あんたはほんと、人間じゃないよ」「あんたは人間じゃないよ」ニガーは言った。「人間らしい気持ちってものがないんだ」

私が今まで述べてきたアフリカ系の人々の有用性は、ヘミングウェイが男女関係を記述し始めるとより明白になる。この小説で我々が聞く最後の声は、ハリーの献身的な妻マリーのものだ。彼女は夫の美徳や男らしさや勇気を数え上げ、称賛するが、彼は既に死んでいる。彼女が夢想する要素は図式的にこう分類できる。⑴男らしく善良で勇敢なハリー⑵キューバについての人種差別的な見解⑶黒人による性的侵略の挫折⑷白人性の具象化。

マリーは愛情深く彼を思い起こす。「傲慢で、力強く、身のこなしが素早くて、高価な動物みたいだった。彼が動くのを見るだけでいつも気持ちが高まった」性的能力と力と崇敬された(高価な)野蛮さへのこの褒め言葉に続いてすぐ、彼女はキューバ人への憎しみについて思いめぐらす(キューバ人たちがハリーを殺したのだ)。そして「フロリダ・キーズの住人にとって彼らは悪運でしかない」と言う。「あいつらは誰にとっても悪運でしかない。あそこにはニガーがたくさんいすぎるし」この判断に続いて彼女は、二十六歳のときにハリーとハバナに行った旅行を思い出す。当時ハリーはたくさん金を持っていた。二人で公園を歩いていると、一人の「ニガー」(ここでのニガーはキューバ人と対比されている。その黒人男性は黒人であり、同時にキューバ人でもあるのだが)がマリーに「何かを言った」。ハリーは彼をぶん殴り、彼の麦わら帽子を道に投げる。するとタクシーがそれを轢いてしまう。

マリーはあまりに激しく笑いすぎてお腹が痛くなったのを思い出す。改行して行頭の字下げが入り、その後すぐに、マリーは、性的能力や力や保護とからめながら、ハリーのことをさらに考える。「あのとき初めて私は髪を金髪に染めた」この二つの逸話は、時間と場所、そしてとりわけ、性的な記号としての色で結びついている。我々にはその黒人男性が何を言ったかは分からない。だが恐ろしいのは、そもそも彼が何かを言ったということそのものだ。彼が何かを言った、というだけで十分である。彼は何らかの関わりを持とうとしたのかもしれない。とにかく自分の見方を主張し、性的な自己を夫婦の空間や意識に挿し入れようとしたのは確かである。発言を始めたがゆえに、彼は語る、したがって攻撃的な存在となった。マリーの回想においては、性的能力、暴力、階級、そしてタクシーという公平な機械による報復などが、一人の多目的に役立つ黒人男性のなかに融合させられているのである。

マリーとハリーの夫婦は若く、愛し合っていて、キューバで力を持っていると感じ、また実際にそうであるために、明らかに十分なだけの金を持っている。そんなエデンの園に黒人男性がじゃましに来て、出しゃばった発言をする。この性的な含みを持つ無礼はすぐさま、ハリーの暴力により罰せられる。彼は黒人男性を殴りつけるのだ。その上、落ちた麦わら帽子を拾い上げて黒人男性の所有物を汚す。ちょうど黒人男性がハリーの所有物――彼の妻を汚したのと同じように。そして非人間的で公平な突進する機械としてのタクシーがその帽子を轢く。まるで宇宙も慌ててやってきて、ハリーの反応を正当化したようだ。こうした宇宙による念押しを見てマリーは笑う――この「力強く、身のこなしが素早」い夫に対してはっきりと感じる安心と称賛とともに。

そのあと美容院で起こることは、黒人によるプライバシー侵害と性的な仄めかしの挿話に繋がり、支えられている。そうしたものからマリーは守られなければならない。差異——性的な文脈における差異——を急いで確立する必要性はとても大きい。どうやって自分が黒から白へ、黒髪から金髪へ変わったかをマリーは我々に告げる。それは苦痛に満ちた困難な過程だが、彼女を保護し、黒人から区別するための性的な労苦として、耐え忍ぶ価値があったと結局はわかる。「美容院では午後中かかった。もともと髪色がすごく暗くて、美容師たちはやりたがらなかった……けれども私はあの人たちに、もうちょっと明るくできないかしら、と言い続けた……もうちょっと明るくできないかしら、とだけ私は言った」

脱色とパーマが終わったときのマリーの満足感は、あからさまに性的ではないとしても、明らかに官能的だ。「手で髪に触れてみて、私はそれが自分だとは信じられず、あまりに興奮して息が詰まった……ものすごく興奮して、なんだか体の内側が変になって、気を失いそうだった」それは本物の変容である。マリーは自分でも信じられないような自己になる。金色で、柔らかく、なめらかな自己に。

白くすることへの彼女自身の官能的な反応は、ハリーにもこだまする。彼女を見て彼は言う。「いやあ、マリー、きれいだね」そして自分の美しさについてマリーがもっと聞きたがると、ハリーは彼女にしゃべるなと言い、ただ「ホテルに行こうよ」とだけ告げる。この性的な昂ぶりは、黒人男性による性的侵入のすぐ後にやってくるのだ。

もしマリーへの侮辱が白人男性によってなされていたとしたら、結果はどうだっただろう。そのあとマリーは脱色しただろうか。たとえしたとしても、ここまで大げさで、性的に高揚した言葉が発せられていただろうか。暗さと明るさの差異を打ち立てることで、性的に活発で強力な、あるいはこの世界において力強く首尾一貫した自己という概念に関して、いったい何が成し遂げられたのだろうか。

このハバナを旅する旅行者たちは街の住人と出会い、白人であるがゆえに特権的な地位を占める。だが彼らがこの地位に値し、その含意から言って、力強い繁殖力を持つと我々を納得させるには、淫らなことを言う、肉体的に劣った黒人男性と彼らが出会う必要がある(彼が劣っていることは、ハリーが彼を拳で殴ったのではなく、平手でひっぱたいたことに表れている)。この黒人男性は不法な性を体現しており、対比によって物語を駆り立て、より優れた、合法的な白人の性に関する考察へと物語を押し進める。

登場人物を設定する際に用いる重要な小説作法として、ここではアフリカニズムが用いられているのがわかる。全ての価値ある区別が消滅してしまいかねない環境において――低賃金労働者、失業者、邪悪な中国人、テロリストのキューバ人、粗暴だが臆病な黒人たち、上流階級の不能者たち、女たらしたちのいる環境において――ハリーとマリー(元売春婦だ)は、性交可能で生殖力のある性を我がものとする。自分たちは人間性の完璧な具現化であるという彼らの主張と、傷つけられたアフリカニズムの対比を用いて、彼らは我々の称賛を要求する。このテクストを語る声は、こうした設定と共犯関係にある。アフリカニズムは権威を示す道具となるだけでなく、実際には、権威の源にもなっているのだ。

『持つと持たぬと』でアフリカニズムを利用し配置していた戦略は、私がこれから議論しようとするアーネスト・ヘミングウェイの別の作品において、より洗練された形で表れている。死後出版された『エデンの園』で、アフリカニズムは比喩的に拡張され、アフリカ的な言説実践とアフリカ的な神話学を通して、美学的な側面全体を明確に表現するシステムとして機能している。アフリカニズム――肌の色の呪物化、禁じられた性、混沌、狂気、不品行、無秩序、奇妙さ、抑えきれない不吉な欲望などの持つ力を黒さと結びつけること――は、表現を新たに生み出しながら、定式化されてはいないが完全な美学を展開するこの小説に、恐ろしいほどの広がりを与えている。この美学的広がりについて詳述する前に、この作者の特別な関心事について語ってみたい。

ある女性看護師に対するヘミングウェイの情熱的な愛着は、小説、批評、伝記的記録、そしてその看護師自身により近年出版された回想録に、しっかりと記述されている。負傷した兵士と看護師というのはありふれたお話であり、そこには確かに感動的な要素がある。困難な、命さえ脅かされるような状況にあるときに、他の誰かが献身的に、あるいは対価と引き換えに自分を助けてくれる、というのは心安まるものだ。そしてもし、あなたが独立独行という感動的な態度を取ることに没頭していて、他人の助けなど要らない(不平も言わない)と示したがっているとすれば、自分は勇敢で無口な受難者だ、というその見解を、自ら欲して、あるいは対価を受け取って、あなたの世話をしている看護師が乱すはずはない。こうした助けが必要だというふうには描かれない。助けを求めることは常に問題外であり、注意深く専門的な看護が与えてくれるもののせいで、あなたが感情的な借りを抱くことはない。

ヘミングウェイの小説で欲望の対象となる女性たちの中には、職業的な地位こそないものの、看護師としての性質を備えている者もいる。彼女たちは基本的に良い妻、あるいは良い恋人であり、世話をし、思いやりがあり、愛する男が必要とするものは言われなくても気づく。こうした完璧な看護師は稀だが重要な存在だ。なぜなら彼女たちこそヘミングウェイの散文が切望している対象だからである。より多く登場するのは、看護師としての能力を捨てたり、維持するのは難しいと感じたりする女性たちだ。すなわち、無口な受難者を破滅させ、彼を育むのではなく傷つける女性たちのことである。

だが、ヘミングウェイが常に住むのを好む、ほぼ男ばかりの世界において、男性の領域にも看護師となる登場人物がいることに気づかなければ、何かを見落としていることになる。これらの登場人物たちは、数少ない女性看護師がそうであったのと同じくらい熱心で、思慮深く、語り手の欲求を満たしてくれる。こうした男性看護師のいく人かは明らかに、まさしく優しい援助者だ――世話をすることで、彼らは最低限の賃金、あるいは患者が満足したことによって得られる喜び以外、何も受け取らない。それ以外の男性看護師たちは無愛想なまま嫌々、語り手に奉仕するが、テクストの役に立つという点ではやり過ぎなほど気前よく奉仕している。協力的であれ嫌々であれ、彼らは全員がトント〔西部劇を題材とする人気ラジオドラマ『ローン・レンジャー』に登場する、主人公の相棒。アメリカ先住民〕であり、その役割は、できることなら何でもしてローン・レンジャーに仕え、なおかつ、自分は孤独だという語り手の自分勝手な妄想を妨げないことだ。

トントに言及することはここでは適切である。なぜならヘミングウェイのレンジャーは常にトントたちに伴われているだけでなく、そうした男性看護師たちはほぼいつも黒人だからだ。アフリカの猟場で白人の荷をかついで運ぶアフリカ人の運び手から、釣り船の餌係、衰えつつあるボクサーに忠実な付き人、あるいは世話好きなバーテンダーまで、主人公を支援する黒人の男性看護師たちの連なりは印象的である。

彼らには、力づける側面とともに、力を奪う部分もある。彼らは——ひとたび彼らの地位や身分が語り手によって明かされ、当の黒人男性がそれを認めると——とんでもないことを言う。「殺し屋たち」に出てくる黒人のサムはニックに言う。「若い者はいつだって、自分が何をしたいかぐらいわかってるつもりだよな」そしてニックが自分の責任だと考えているものを見下し否定して、ニックの男らしさを嘲る。ウェスリーはハリー・モーガンに言う。「あんたはほんと、人間じゃないよ」運び手はフランシス・マカンバーに、ライオンもバッファローも生きている、と告げる。「戦う人」のバグズは「優しい声の、イカれた黒人」と描写される。アドは元ボクサーで、その仕事のせいで顔が変形している。「母親のように」世話する。ケネス・リンによれば、バグズはアドをバグズは「彼に美味しいハムエッグのサンドイッチを作り、揺るぎない丁寧さで彼をフランシスさんと呼ぶ。だがこの世話好きなニグロはサディストでもある。そのことは彼が持つ黒い革の棍棒が磨り減っているのを見れば言わずとも分かる。奴隷であると同時に主人であり、世話人であると同時に破壊者であるこの黒人男性は、ヘミングウェイ作品に登場する黒い母親的な人物の一人だ」[*7]この批評家は「母親」という表現を使っているものの、生物学的な関係について述べているのではなく、この表現が備えている、世話をし面倒を見る、という性質について語っている。アドが手に負えなくなると、バグズはこの棍棒で彼を殴る。（ポーの「黄金虫」でも、主人を鞭打つという同様の許しを奴隷のジュピターが得ていたことを思い出してほしい。）バグズは予言の才能も与えられている。「自分が狂っていたことなんてない、とやつは言うんだ」アドはバグズに言う。バグズは答える。「そいつはこれからいろんな目に遭うだろうな」リンはこんなことを記している。一九五〇年代末にヘミングウェイはある友人に、「こうした不吉な言葉は驚くほど危険だ、と告げた。まるで、それらが既に成就した予言だとでも考えているかのように」。

　彼ら看護師たちは、忠実であれ反抗的であれ、主人の身体を育むと同時に打ち据える。こうした黒人男性たちは、語り手の悲運をはっきりと言い表し、主人公兼語り手の自己理解を否定する。彼らは語り手の自己像を修正する。また、慰めを与えるという看護師の第一の役割に背く。要するに彼らは、語り手による現実の認識を鋭く、効果的にかき乱すのだ。読者たる我々は、こうした予言、こうした書き間違い、こうした明らかかつ密かな妨害をどう理解すればいいのだろうと思う。そして、こうした言葉がなぜ、いつも黒人男性たちによって語られるのだろうと思う。

　まるで看護師は制御不能な存在であるかのようだ。看護師のもう一つ別の顔は、人を助け癒やす使用人とはまるで逆の破壊的人物である――相手を貪り食う捕食者で、その残酷で無頓着な衝動のせいで、語り手は危機に直面する。落ち着くことなく、いつも貪欲なこうした登場人物たちは、力と嘘、愛と死を兼ね備え、魅力的で、捉え難く、芝居じみている。

こうした人を貪り食う特性は、マカンバー夫人のような女性たちに与えられている。配偶者が自らを律し、しっかりと独立した存在であるさまを見るより、むしろ惨殺したい、と願う女性たちだ。ヘミングウェイは「キリマンジャロの雪」で妻を、「この思いやりある世話人、かつ彼の才能の破壊者」と書き表している。黒人の男性看護師たちは、破滅や凶運を口にし、語り手の男らしさを否定して認めず、対立を呼び込みそして描写するかもしれない。だがアフリカニズムの定めのおかげで、彼らは人を看護する役目に縛りつけられている。女性看護師たちは――世話をするのが第一の役割である妻たちや恋人たちのことだ――破壊に声を与え、やり遂げる。彼女たちは捕食者であり、他人を食い物にする鮫であり、極悪非道な女性たちであって、看護師と鮫という記号を結びつける。『持つと持たぬと』に立ち戻って、しばらくこうした結びつきを見てみよう。

ハリーの切断した腕の根元まで行為に用いる、情熱的な性交場面で、マリーは夫に訊ねる。

「ねえ、あなたニガーの売春婦と寝たことある」
「ああ」
「どんなだった」
「看護師になった鮫みたいだった」

この驚くべき発言は、ヘミングウェイによる黒人女性の描写として、じっくり賞味されるべき、取っておきのものである。ここに現れている強力な観念とは、黒人女性は人間から最も遠い存在であり、あまりに遠すぎて、哺乳動物というよりむしろ魚類である、というものだ。この言い回しは、捕食し貪り食うエロチシズムを呼び起こし、女らしさや、育むことや、看護することや、満たすことの対局を表している。要するに、比喩においてもあまりに残忍で相容れず異質なので、人間には属さず、言葉で、あるいは隠喩や換喩では表せず、ハリーが今話しかけている女性——すなわち妻のマリーに似ていると思わせる部分など一つもない何かを、彼の言葉は示しているのだ。マリーへの彼の親切さは明白だ。黒人女性の性に関する彼の観念のおかげで彼女は慰められるし、そのことに彼女はきちんと感謝している。彼女はその優しさに応えて、くすくすと笑う。「あなた面白いわね」

作品の登場人物の考えがヘミングウェイのものだと見なすことは無責任だし、正当化できないだろう。黒人女性は看護師になった鮫のようだ、と考えているのはハリーであり、ヘミングウェイではない。作者は作品の登場人物の生みの親ではあるが、彼らの行動に個人的な責任があるわけではないのだ。それに、ヘミングウェイがハリーと同意見である、と納得できるだけの証拠を私は知らない。実際には、それとは正反対である、と示唆する強力な証拠がある。

『エデンの園』で、語り手兼主人公であるデイヴィッド・ボーンの妻のキャサリンは、一日中、肌を焼き続ける。そして、こうした肌を焼くという過程は明らかに、美容以外の複雑な理由から必要とされている。小説が始まってすぐデイヴィッドは、肉体の美しさへの強迫観念であると彼には、そして我々にも思えるものについて、彼女に訊ねる。

「どうしてそんなに肌を焼きたいんだい?」

「わからない。何かしたい理由なんてわかる? 今私がいちばんしたいのはそれなのよ。私たちにまだ足りないものって意味でね。私が黒くなったら、あなた興奮しない?」

「確かに。すごくいいね」

「私がこんなに黒くなれるなんて思った?」

「いいや、君は色白(ブロンド)だからね」

「私がそうなれるのはライオンの色をしてるからだし、ライオンは黒くなれるの。でも私は体中黒くなりたいし、そうなれば、あなたはインディアンより黒くなる。そうすれば私たちは他の人とは全然違うふうになれるの。なんでそれが大事なのか、わかるでしょ[*8]」


キャサリンは、黒さと、奇妙さや禁忌との繋がりをよく理解している——そしてまた、黒さとは誰かが「手に入れたり」、盗み取ったりできるものだと理解している。私たちにまだ足りないもの、と彼女は彼に言う。ここでは白さは欠乏なのだ。この黒さの獲得によって、彼らは「他者」とされ、さらに言葉では言い表せないほどの絆が彼らのあいだに生まれる——疎外を通して二人が一つになれると彼女はわかっているのだ。ひとたびこの欠乏が克服されれば、それは主張となる。この効果は、金髪(ブロンド)にしたいという、キャサリンのもう一つの脅迫観念によって高められる。色を加える——肌を黒くし髪を白くする——という身振りの両方とも、デイヴィッドにキャサリンが押しつけるコード

(彼の体に書き込み、心の中に据えつける)であり、それによって、兄妹兼双子としての二人の関係はしっかりと強調され、性的な興奮が亢進する。

このカップルは兄妹関係では満足しない。双子という、より一層の強調が必要なのだ。そしてこれは、まるでネガの抜刷のような、コード化された肌の色によって手に入れることができる。(兄妹の近親相姦がもたらすこの興奮は短編「戦う人」にも出てくる。黒人のバグズはなぜアドが正気を失ったのかをニックに説明する。アドの妻は実は彼の妹なのだ、という噂が広まったせいで、彼の結婚生活は破綻したのだ。)

『エデンの園』で肌を黒く焼いたカップルが実践するその物語は、禁じられたものであることによって、特別なものとされ、強調されている。その官能的な無法行為は、黒さと欲望、黒さと不合理、黒さと悪の戦慄のあいだの連想によって実現され続けている。「悪魔的なもの」「夜のもの」と、ヘミングウェイはデイヴィッドとキャサリンが欲するものを描写している。そして「悪魔」はキャサリンのあだ名となる。「とにかく私を見て」二人が髪を脱色し、切ったあとで彼女は言う。「あなたもこんなふうよ……それでもう、二人とも呪われてるの。前から私はそうだったし、今ではあなたもそう。私を見て。こういうのすごく好きでしょ」

兄と妹の近親相姦と性別の乗り越えが、公然とあからさまに書かれていることに関しては、この小説について発表されたほとんどの批評がすでに述べている。まだ気づかれていないのは、このドラマが演じられているアフリカ的な領域だ。出会ったばかりの黒人の性の亡霊に屈服させられる形で美容院の予約をするマリーを反復するように、キャサリンは、定期的に髪は脱色しなければならないものの、もはや肌を焼く必要はないと判断する。「わざわざ焼いてるんじゃないの」彼女は言う。「これが私なの。もともとこれぐらい黒いのよ。太陽のおかげで、見てわかるようになっただけ」

キャサリンは黒くて白く、男で女で、ひとたびマリタが現れると狂気に沈む。マリタは「本物の」看護師で、正規の献身的な看護技術を持っている。そしてまた、マリタは生まれつき黒い、ジャワ島人のような肌をしており、デイヴィッドを癒やし慰めるためにキャサリンが彼に贈った女性であることも記しておくべきだろう。ここではハリーがマリーに贈った比喩的な贈り物が、分析された上で、再構成されている。鮫であるキャサリンは親切として、デイヴィッドに肌の黒い看護師を贈るのだ。自身の看護能力——自分の胸——をキャサリンは、私の嫁入り道具と呼ぶ。新しく、力強く、彼女自身のものであるのは、脱色して白くなり、男のように切られた髪である。その変化をヘミングウェイは「黒い魔術」と記す。

「アフリカに行ったら、私はあなたのアフリカの女の子にもなりたいの」キャサリンは彼に告げる。彼女にとってこれが何を意味するか正確にはわからないものの、アフリカが彼にとって何を意味するかは我々にもわかる。それは、彼が自分を主張するために利用できる、白紙で空っぽの空間であり、また彼の芸術的な想像、作品、小説を待ち受け、それらに身を捧げる準備のできた、いまだ創造されていない空虚であることは明白だ。

『エデンの園』の中心には「エデン」がある。すなわち、デイヴィッドが自身のアフリカでの冒険を綴った物語だ。それは男同士の絆や、父と息子の関係に満ちた話であり、彼らが足跡を追っている象すら、彼の男性の仲間には忠実である。このアフリカ化された架空のエデンは、それを取り巻く、キャサリンとデイヴィッドのアフリカ化されたエデンにおける出来事に汚される。内側にあるのは、白人に支配された無垢な場所として想像されたアフリカだ。そして外側にあるのは、邪悪で混沌とし不可解なものとして想像されたアフリカニズムの物語である。

キャサリンは内側の物語をひどく嫌い、結局は破壊する。それは退屈で見当違いだ、と彼女は考える。そのかわり、デイヴィッドは彼女について書くべきなのだ。彼女のわがままな自己愛を理解し、また不快に思うように読者は仕向けられる。だが実際には彼女は正しい。少なくともそのようにヘミングウェイは考えている。なぜなら、彼が書き、そして我々が読んでいる物語は彼女についてのものなのだから。デイヴィッドが書こうとがんばっている（そして、肌の黒い本物の看護師であるマリタがキャサリンに取って代わったあとに書き上げられた）アフリカの物語は、古くてありきたりの神話であり、堕落前、そして後のエデンとしてのアフリカである。「キリマンジャロの雪」で言われるように、人はそこに行き、自分の「魂についた脂肪を落とす」。

キャサリンが焼いてしまうその物語は、白人による支配と殺戮に関する、男たちの大切な小区域としての価値を持っており、デイヴィッドの「罪悪感と知識」を分かち持つアフリカ人の召使いによって完全なものとされる。けれどもそれを取り囲む物語、すなわち、黒く汚されたアフリカ的な物語は、美化された黒さや、神話化された黒さを徹底的に批判している。それらはどちらも空想上のものである。両方とも、欲望と必要の領域から引き出されている。両方とも、作者が自由にできる言説上のアフリカニズムによって、可能となっているにすぎない。

ここまで述べてきた考察は、特定の作家の人種に関する態度についてのものではない、と言うことで、この本を締めくくりたい。それはまた別の話だ。私の意見では、アメリ

カのアフリカニズムについての研究は、白人ではない、アフリカ系の存在や登場人物たちが、アメリカ合衆国においてどのように構築され――発明されたか、そしてまた、こうしてでっち上げられた存在が文学作品においてどのように用いられてきたか、についての考察であるべきである。だからといってその考察が、人種差別的、あるいは非人種差別的と呼ばれる文学についての探究であると言うつもりはない。作者の態度や、ある集団によって生み出された表現に基づいて評価された作品の質について、私は特定の立場を取ったり、あるいは何かを積極的に評価したりするつもりもない。もちろん、こうした判断はなされ得るし、実際にされてもいる。エズラ・パウンド、セリーヌ、T・S・エリオット、そしてポール・ド・マンについての近年の批評的研究が思い浮かぶ。だが、この本で試みてきたことはそうした事柄を目指してはいない(もっとも、それらも射程圏内には含まれるのだが)。私の試みとは、人種的な対象から人種的な主体へと、批評的な視線を向け直そうという努力である。すなわち、描写され想像された者から描写し想像する者へと、そして、奉仕する者から奉仕される者へと。

アメリカの白人男性であるとはどういうことかを説得力をもって記したアーネスト・ヘミングウェイは、アメリカの小説を書くという自身の企てに、アフリカニズムを含めずにはいられなかった。けれども、彼の文学についての批評が、そうしたテクストの表面にニスを塗り続けることで、光を反射するなめらかな表面のすぐ下にある複雑さや、力や、輝きを固定してしまっているとしたら残念である。私たちは皆、読み手あるいは書き手として、批評があまりに礼儀正しすぎる、あるいは勇気が無さすぎるがゆえに、目の前の破壊的な暗闇に気づけない状態であり続けているせいで、大事なものを奪われているのだ。

＊5 James A. Snead, *Figures of Division: William Faulkner's Major Novels* (New York: Methuen, 1986), pp. x–xi.

＊6 Ernest Hemingway, *To Have and Have Not* (New York: Grosset and Dunlap, 1937), p. 13; subsequent quotations are from pp. 7–8, 68–70, 75, 87, 86, 258, 259, 113.〔邦訳、アーネスト・ヘミングウェイ「持つと持たぬと」佐伯彰一訳、『ヘミングウェイ全集』第五巻、三笠書房、一九七四年。引用部分は都甲訳〕

＊7 Kenneth S. Lynn, *Hemingway* (New York: Simon and Schuster, 1987), pp. 272–273.

＊8 Ernest Hemingway, *The Garden of Eden* (New York: Charles Scribner's Sons, 1986), p. 30; subsequent quotations are from pp. 177–178, 64, 29.〔邦訳、アーネスト・ヘミングウェイ『エデンの園』沼澤洽治訳、集英社文庫、一九九〇年。引用部分は都甲訳〕

訳者解説

モリスンという作家

トニ・モリスンは、一九七〇年代から二〇一九年の死去に至るまでの半世紀間、現代アメリカ文学におけるもっとも重要な作家であり続けてきた。そのことは長編小説『ソロモンの歌』で全米批評家協会賞を獲得、後に『ビラヴド』で、アメリカの主要な文学賞である全米図書賞とピュリッツァー賞を受賞し、さらに一九九三年にはアフリカ系アメリカ人の女性として初めてノーベル文学賞を獲ったことからもわかる。

モリスンは、一九三一年、アメリカ中西部であるオハイオ州ロレインに生まれ、クロウィ・アンソニー・ウォフォードと名付けられた。父は造船所の溶接工で、母もいろいろな仕事をしながら四人の子供を育てた。

しかし大恐慌のおかげで生活保護を受けていた時代もある。家賃を滞納して、なんと大家により家に火をつけられたこともあったそうだ。父親はジョージア州、母親はアラバマ州の出身である。黒人文化の色濃い家庭で、物語や歌や民話を聞きながら育ったという。たとえば母親は夢や日常の現象から吉凶を読んで占いをしていたし、父親からはよくおばけの話を聞いた。

モリスンは高校時代から成績優秀で、ヘミングウェイやキャザーの小説を読んでいた。その後、「歴史的黒人大学」であるハワード大学で学士を、そしてコーネル大学で修士を取得した。修士論文ではヴァージニア・ウルフ『ダロウェイ夫人』とフォークナー『響きと怒り』『アブサロム、アブサロム！』における自殺について書いた。卒業後はハワード大学やイエール大学で教鞭を執った。ハワード大学時代にモリスンが教えた人々の中には、SNCC(反戦・反差別を掲げる、黒人学生を中心とした公民権運動組織)議長のストークリー・カーマイケルや、高名な文学研究者となるヒューストン・ベイカーなどがいる。

ジャマイカ人の建築家ハロルド・モリスンと結婚するが数年で離婚した。ニューヨークに移り、二人の子供を育てながらランダムハウスの編集者となって、重要な本を次々と世に送り出す。具体的には、モハメッド・アリの伝記やアンジェラ・デイヴィスの著作などを手がけた。一九八六年から二〇〇六年までプリンストン大学で創作科の教授を務め、二〇一九年に死去した。

彼女の最初の作品である『青い眼がほしい』(一九七〇)の主人公は黒人の少女で、白人の美の基準を受け入れたがゆえに、自分の黒い肌を憎む。そして実の父に犯され、そのまま子供を死産した彼女は正気を失う。『スーラ』(一九七三)では黒人女性同士の友情を描いた。『ソロモンの歌』(一九七七)では自らのアイデンティティを探す男性主人公を描き、この作品によってモリスンは一般にも知られるようになった。『ビラヴド』(一九八七)で逃亡奴隷の女性は、再び捕まったとき、奴隷としての人生を送らせることに耐えきれず自らの娘を殺す。本作は実際にあったマーガレット・ガーナー事件をふまえている。

よく、詩的で芸術性が高いといわれるモリスンの作品だが、彼女自身は黒人たちの話し言葉が持っている力を文学作品において受け継いでいきたい、という想いでそのような文章を書いていたようだ。実際に彼女の作品を原文で読むと、その言葉の深さと厚みに圧倒される思いがする。

それだけではない。死亡したり逃亡したりした奴隷たちは実は空を飛んでアフリカに帰ったんだ、という民話や、死者の霊をこの世に呼び戻すブードゥーと呼ばれる信仰、あるいは、薬草についての知識をもとに癒やしを与え合う女性たちのつながりなど、長年に渡り黒人たちの間で受け継がれてきた文化がモリスン作品の基盤となっている。

どまらない。

批評家としてのモリスン

このように素晴らしい作品を数多く生み出したモリスンだが、彼女の功績はそれにとどまらない。

近年に至るまで、アメリカ文学の正典、すなわち古典として文学史上に記される作品の大部分が、いわゆる白人男性の作家によって書かれてきた。そこに女性作家や人種的マイノリティの作家の作品が加わる、というのが伝統的なアメリカ文学史の見方であった。しかし彼女はその構図を一変させてしまった。モリスンの出現以降、むしろマイノリティの文学こそがアメリカ文学の主流だと認識されるようになったのである。

このことは、主要な文学賞の受賞者に、ジェスミン・ウォードやコルソン・ホワイトヘッド(アフリカ系アメリカ人)、ジュンパ・ラヒリ(ベンガル系)、ルイーズ・アードリック(ネイティヴ・アメリカン)などの名前が並ぶことが、特に二〇〇〇年以降、当たり前となったことからもわかる。

これは、文学の世界だけにとどまらない大きな変革だった。いったいモリスンはどうやって、こうした変革の一翼を担えたのか。もちろん、優れた小説を書き続けた、というのが一つの理由である。だが彼女が批評家として成し遂げたことも、それに負けず劣らず重要だった。

それでは彼女は何をしたのか。白人男性を中心としたアメリカ文学史の根底を支えている思考を取り出し、それがどういったものかを分析した上で、その限界を指摘した。さらに、人種的マイノリティによる文学の新たな評価方法自体を提出したのである。つまりは、アメリカ文学を評価する上での基盤そのものを革新したのだ。

そして、批評家として彼女が成し遂げた仕事の中心に来るのが本書、『暗闇に戯れて』である。――あとは本文をお楽しみください、と言うのが解説者としての正しい態度かもしれない。だが一読してわかるように、特に日本の読者にとって、本書を予備知識なしに読み解くのは難しい。

それには複数の〈遠さ〉が理由としてある。一つめがアメリカの歴史と、そこで続いてきた人種差別の遠さである。映画や音楽などのポップカルチャー一つを取ってもわかるように、日本人にとってアメリカは明治以降、常に近しい国としてあり続けてきた。しかしながら、それはアメリカについての知識を我々が豊富に持っている、ということを意味しない。

次に、アメリカ文学史の遠さである。確かにアメリカ文学はたくさんの作品が文庫になるなど、日本でも人気があることは事実だ。しかし、特にアメリカにおいてどんな作品が古典として扱われ、それはどういう理由なのか、ということを体系的に知っているのは、大学の英文科でアメリカ文学を専攻したことのある人ぐらいだろう。

しかも、アメリカ文学自体が、実は日本人にとって遠い存在なのだ。イギリス、フランス、ドイツ、ロシアの文学、つまり一言で言えばヨーロッパの文学こそが、明治以降の日本において「正しい」近代文学として輸入され続けてきた。こうした作品はリアリズムに基づく「ノベル」と分類される。作品内では時間が基本的に均等に流れ、人格を持った登場人物が複数出てきて、ある程度理性的に対話するという小説のことだ。

しかしアメリカ文学の主流は、モリスンが本書でも述べているように「ロマンス」と呼ばれるものだ。その歴史を通じて、空想や冒険、恋愛など波乱万丈な、エンターテインメント的な面白さをアメリカ文学は一貫して手放さないできた。したがって、日本における純文学という概念でアメリカ文学を読もうとしても、どう捉えていいか今ひとつ分からず当惑してしまう。

エドガー・アラン・ポー(「モルグ街の殺人」「黄金虫」)にしてもハーマン・メルヴィル(『白鯨』)にしても、あるいはマーク・トウェイン(『ハックルベリー・フィンの冒険』)にしても、真面目な文学としてはあまりに面白すぎる。だからこそ、アメリカ古典文学は日本で長らく、児童文学として受容されてきた、という側面はあるのだが。

さらには、本書固有の問題も存在する。まずはモリスンの書き方だ。本書の原文は非常に格調が高く、豊富な語彙を駆使しながら、華麗な比喩がたくさん用いられる。しかも音や意味の連鎖に沿って、様々な表現が連なっていく。だから読んでいると、いかにも名文だな、という感じがする。

しかしながら、内容をしっかりと摑もうとすると、その文体が問題となる。アメリカ文学史上、極めて重要な批評であるにもかかわらず、必ずしも前提となる歴史的な知識や理論がわかりやすく書かれてはいない。一言で言えば、文章は難しすぎるし、説明は少なすぎる。

だからこそ、読者は必要な知識を自分で身に付け、なおかつモリスンの論理構造を自分の頭の中で再構成しなければならない。しかも、実例として挙げられているアメリカ文学の作品が、必ずしも日本の読者に親しみがあるものではない。

これは非常にもったいない状況だ。したがって、蛇足であることを覚悟しながらも、本解説では、基礎的なところから本書の読み方の地図のようなものを提出してみたい。もちろんこの解説こそが正解だ、と言い切るつもりはない。だが、読者が本書を理解する上で少しでも役に立てるなら嬉しい。

＊

「普遍的な価値観」への問いかけ

まずは本書において中心となる問いについて考えてみよう。アメリカ文学史はなぜ、白人男性によって書かれた作品ばかりで成り立っているのか。確かにポーもホーソン(『緋文字』)もメルヴィルも、あるいはフォークナー(『アブサロム、アブサロム!』)もヘミングウェイ(『老人と海』)も、アメリカ文学史上の巨人のほぼ全員が白人男性である。いや、イーディス・ウォートン(『無垢の時代』)やフラナリー・オコナー(『賢い血』)といった女性作家もいるし、リチャード・ライト(『ブラック・ボーイ』)やジェイムズ・ボールドウィン(『ジョヴァンニの部屋』)などの黒人作家もいる、とあなたは反論するかもしれない。しかしそれでも、そうした女性作家やマイノリティの作家による作品の数は、白人男性作家のものに比べて圧倒的に少ないことは事実だ。これは一体どうしてなのか。

文学史を作り上げている研究者たちは言う。これは普遍的な価値観に基づいて良いと判断できる作品を、あくまで中立的な立場から公正に選んだ結果である。したがって、たとえ白人男性による作品の割合が多かったとしても、それはあくまで偶然である、と。

そんなはずはない、とモリスンは反論する。もし公正に選んでいるとしたら、女性作家の作品もマイノリティの作品も、もっと多いはずではないか。そうではないとしたら、いわゆる「公正」さの裏側で何か別の力学が働いているはずだ。いや、はっきり言ってしまおう。そこには意識的、あるいは無意識的な差別が大きな役割を果たしているのではないか。

そしてモリスンは粘り強く問う。「普遍的な価値観」というが、結局それは、ヨーロッパの男性知識人が自分たちの都合のいいように作り上げた文学観が、アメリカ合衆国に輸入されただけのことではないか。ならば、そうした価値観によってアメリカ文学の様々な作品の価値を判断すること自体が、大きな問題をはらむということになる。

そもそも、女性たちやマイノリティの人々がアメリカで育んできた文化や歴史に無知な白人男性は、そうしたものに基づいた文学の価値を正確には判断できないだろう。したがって、ここで「普遍的な価値観」として提示されているものは、実はたかだか白人男性のローカルな価値観でしかないのだ。

ここで現れているのは、特に第二次大戦後、フランスの人類学者クロード・レヴィ=ストロース(『構造人類学』)によって導入された文化相対主義の考え方だ。彼の登場までは、いわゆる進歩史観が支配的だった。すなわち、人類はアフリカ的段階からアジア的段階を経て、ヨーロッパ的段階に進んでいく、という考え方だ。この考え方ではヨーロッパが人類の頂点にして普遍の地位を独占することになる。

だがレヴィ＝ストロースは、その構造主義と呼ばれる思考法でこうした歴史観を打ち倒した。世界中全ての文化は、自分たちの環境や歴史に適応して極限まで発展している。したがって、アマゾンのインディオたちはヨーロッパの人々と同じぐらい、自分たちの置かれた環境で生き延びるべく進化しているのだ。そして、その両者に上下の差などありはしない。

ならば二十世紀後半において「普遍的な価値観」「中立的な立場」「公正」を打ち出すこと自体が、その前提として、ヨーロッパの男性知識人の持つ価値観のみが普遍的であり、アジアやアフリカといった地域、あるいは女性たちの価値観はそれよりも劣る、ローカルな価値観だと自分たちは考えている、と告白することになってしまう。

「人種主義」とは何か

モリスンの問いかけはそこでは終わらない。なぜ二十世紀後半にもなって、アメリカ文学史の形成において、いわゆる「普遍的な立場」がいまだに主張されているのか。この問いを言い換えればこうなる。その裏で作用している、明確には語られることのない差別とはどういうものなのか。そしてその差別にアメリカ的な性質があるとしたら、それは具体的にはどういったものか。

モリスンの見方によれば、そうした文学史形成の基盤には強固な人種主義が存在する。人種主義とは何か。人種差別という言葉は聞いたことがあるだろう。自分と違う人種に属するとされた人々を、異質で、多くの場合理解不能で、なおかつ劣った存在として見下し、排除する行為のことである。そうした人種差別の源となるのが人種主義だ。

人間において、肌の色の違いに基づく人種の違いは存在する、と規定した上で、そうした人種のそれぞれが、変化することのない本質的な特性を持つ、という思想が人種主義だ。すなわち、白人は理性的で知能が高いとか、黒人は知能が劣っていて怠惰だとか決めつけ、そうした性質は未来永劫変わることがない、とする考え方を指す。

もちろん、こうした思想は現在、科学的に否定されている。人類にはホモ・サピエンスという種一つしかなく、人種などといった違いは存在しない。肌の色や顔貌といった違いはあるものの、それは紫外線の量や気温といった環境に適応して、長い年月をかけて獲得された形質でしかない。そもそも、地球上に存在する人類はすべてアフリカの同一の源から発している。したがって肌の色の濃淡などは、本質的な差異とはなりえない。ならばなぜこうした何の根拠もない人種主義が、アメリカ合衆国において、現代に至るまで強固な存在感を示し続けているのか。その根源には奴隷制がある、とモリスンは考える。建国のはるか以前から、アメリカの地にはアフリカ系の人々が存在してきた。先住民の虐殺によって激烈な労働力不足が発生したこの地の人々は、アフリカから連れてこられた人々を奴隷とすることでその問題に対処したのだ。

だがここで別のより大きな問題が発生する。そもそもヨーロッパの人々は、強固な階級が存在し、信教の自由も保証されない古いヨーロッパを捨てて、自由で平等なアメリカの地に来たはずだった。だが奴隷主になった今、もし奴隷が自分と同じ人間だとしたら、自分たちは自由や平等を主張しながら同時に、他人の自由や平等を否定している、ということになる。こうした根源的な矛盾を抱え込み続けることに、彼らの精神は耐えられなかった。

そうした精神的な問題を解消するために、奴隷と自分たちは違う種に属し、したがって奴隷たちは人間でありながらより動物に近い、劣った存在である、と考える必要が発生した。「奴隷が「異なる種」であることは、奴隷所有者が自分は正常だと確認するためにどうしても必要だった」(モリスン『「他者」の起源』五六ページ)。

言い換えれば、アメリカ社会を維持するためには、アフリカ系の人々を完全な人間とは認めない人種主義がどうしても必要だったのである。そしてWASP(ホワイト・アングロサクソン・プロテスタント)を中心としたヨーロッパ系の人々を白人、そして、奴隷の血を引く人々を黒人とみなす、という、アメリカ合衆国における最も基本的な認識の形が、現在まで維持されるようになってしまった。

作られた「黒人」「白人」

さて、ここで「ヨーロッパ系の人々を白人、そして、奴隷の血を引く人々を黒人とみなす」という表現を見て、あれ、誰が白人で誰が黒人かなんて自明のことなんじゃないの、と思った方もいるかもしれない。目で見て、肌の黒い人が黒人で、そうじゃない人が白人でしょう。――物事はそう単純ではない。

ひと口にヨーロッパ系といっても、内実は多様である。アメリカ社会の核心部分を築いたWASPはイギリスから来たアングロサクソンで、なおかつ宗教はプロテスタントだ。しかし他にも、フランスなどラテン系の人々、あるいはスペインやイタリアなど南欧のカトリックの人々、東欧のスラブ人たち、ギリシャ正教徒のギリシャ人たちなど、彼らの文化や言語や宗教は極めて多様である。ならば、そうした差異を全部無視して「白人」というカテゴリーにまとめるには、何らかの力学が作用しているはずだ。

それは黒人も同じだ。アフリカにおいても言語や宗教は多様だった。そして彼らが奴隷としてアメリカに連れてこられて以降、主に白人奴隷主のレイプによって、白人たちとの混血が進んだ。すなわち、血統的にはアメリカの黒人とアフリカの人々はかなり違う存在になっている。にもかかわらず、アフリカの血を引くとされた人々全員を「黒人」というカテゴリーに押し込むのも、これまた自然とは言えない。

人種主義は本質主義に根ざしている、という話は既にした。黒人はこうだ、白人はこうだ、そしてその本質は時間が経っても変わらない、という信念が本質主義である。そうした考え方を揺るがすものとしてモリスンが導入するのは構築主義だ。

構築主義とは何か。「黒人」「白人」といった概念は、存在しているものをただ描写することで生まれたわけではない。むしろ、何らかの人々の手で、自分たちの利益になるように社会的に作り上げられたものである、というのが構築主義である。

アメリカにおける「黒人」であれば、奴隷制を維持するためにそうした存在がでっち上げられ、たまたま肌の色の黒いアフリカ人たちがその分類に押し込められた。そして、「人間以下の存在」という性質を外部から刻印されたのだ。そうすることは、自分たちを「白人」と規定したヨーロッパ系の人たちにとって社会的な利益があった、というのが構築主義的な捉え方となる。

しかも、こうやってでっち上げられた「黒人」「白人」といった人種主義的な考え方は、十九世紀半ばに奴隷制が廃止されてからも、強く維持されることとなった。なぜなら、ヨーロッパやそれ以外の地域から労働者として流入し続けた移民たちにとって、アメリカ社会の最下層に属する黒人たちではない者として自分たちを位置づけることは、大いに利益があったからだ。

そうした事情について、モリスンはインタビューでこう語っている。「もし、黒人が存在しなかったら、この国はばらばらに分裂していたでしょうね。移民はお互いに首を斬り合っていたでしょう。よその国でそうだったようにね。でもヨーロッパからやってきてアメリカ人になる際に、移民が他の移民と共通していたのは、この「私」を、つまり黒人を軽蔑していたことです。その軽蔑とは、肌の色以外の何ものでもないのです。移民がどこからやってこようと、彼らは団結します。彼らは異口同音に言うのです。「私は黒人ではない」とね。ですからその意味で、アメリカ人になるということは、黒人に対する考え方、ふるまい方で決まるのです。つまり、「私」、黒人を排除することです。／アメリカ人になるということは、移民にとって否定的なことではなく、アメリカ人として一つになっていくということでした。アメリカにたどり着いて船を降り、彼らが覚える二つ目の言葉は「ニガー」でした」（木内徹・森あおい編著『トニ・モリスン』三三ページ）。

自由と平等の国アメリカに行きさえすれば夢が摑める、と言われてやって来た移民たちだが、彼らが直面したのは激しい貧富の差だった。しかも、職業上の技能も英語の能力も乏しい彼らに、さしたるチャンスは巡って来なかった。だが不自由で不平等な扱いを受けている黒人たちを見下すことで、自分たちは自由で平等なアメリカ人である、と彼らは感じることができたのだ。

モリスンのこの議論には、一つ付け加えておくべきことがある。「黒人ではない者」というカテゴリーにならば、移民たちはすんなり入れた。だが「白人」の中核にすぐに入れてもらえたわけではない。アングロサクソンでプロテスタントの人々が「白人」カテゴリーの中心にいる以上、彼らから民族的あるいは宗教的に遠い人々が、充分に「白人」である存在としてアメリカ社会で受け入れられるには、多大な努力が必要だった。すなわち、アメリカ社会に適応しながらコツコツと働き続け、社会的に上昇して、WASPの人々に認めてもらう必要があったのである。現に、ロマの人々、ユダヤ人、イタリア人、ギリシャ人などが白人として見なされるようになったのは一九二〇年代以降であると言われる(上杉忍『アメリカ黒人の歴史』iiページ)。だからこそ、白人女性がわざわざ髪を金髪に染めて、自らの白人らしさを増そうとするような悲喜劇がいまだ発生するのだ。

言い換えれば、黒人を底辺として、それ以外の全ての人々が、少しでもより多く「白人であろう」としのぎを削る、という妄想のピラミッド社会こそがアメリカ合衆国になってしまったのである。最下層の人々として黒人を排除した上、すべての人々が日夜、自分と純粋な「白人」との距離を意識し、縮めようと努力し続ける社会。こうしたアメリカを、モリスンは「人種化」された社会と呼んだ。

「アフリカニズム」と「オリエンタリズム」

さて、アメリカ合衆国固有の人種主義を理解する上で、重要な概念としてモリスンが導入するのが、彼女自身による造語「アフリカニズム」である。これこそ本書を理解する上で最重要概念であることは事実だ。だが残念ながら、モリスン自身による定義を見るだけでは、その語義をしっかりと摑みとるのは難しい。

いわく、「アフリカ系の人々が意味するようになった、暗示的、そして明示的な黒さを表す用語としてそれを用いたい。そしてまた、これらの人々についての、ヨーロッパ中心主義的な学識による見方や、想定、読み方、読み誤り方を表す用語として用いたい」(本書二六ページ)。その黒さを示す概念には、白人たちの内なる不安がすべて投げ入れられたという。「黒さのイメージは邪悪かつ保護的で、反抗的かつ寛大で、恐ろしくかつ好ましくあり得る——自己の矛盾した性質をすべて兼ね備えているのだ」(本書九三ページ)。

アフリカ系の人々を記述する用語であるにもかかわらず、なぜ彼らに対する白人たちの見方、とりわけ彼らの内なる不安がその用語を理解する上で重要となるのか。そしてまた、「恐ろしい」「好ましい」といった、互いに矛盾し合う複数の属性がなぜ一緒くたにされているのか。

結論から言おう。モリスンの言う「アフリカニズム」とは、「オリエンタリズム」のアメリカ版のことだ。実はモリスンが一九八八年におこなった講演であり、本書の元ともなっている「口に出されたことのない、口に出すことのできないもの——アメリカ文学におけるアフロ-アメリカ的な存在」では言及されているにもかかわらず、本書には登場しない一冊の本がある。エドワード・サイードの名著『オリエンタリズム』(一九七八)だ。

そして既に加藤恒彦が一九九七年の著作で指摘しているように、モリスンのアフリカニズムをめぐる議論の進め方は、オリエンタリズムについてのサイードの議論とよく似ている。実は、中東のイスラム教徒たちについてヨーロッパの人々がでっち上げた概念「オリエンタリズム」を、そのままモリスンがアメリカの黒人たちに適用して「アフリカニズム」と呼んだ、と考えればすっきり理解できるのだ。すなわち、黒人たちを対象としたアメリカ版オリエンタリズムこそがアフリカニズムなのである。ならばまずは、オリエンタリズムについて理解しなければならない。

「言説」による支配のかたち

エドワード・サイードは著書『オリエンタリズム』でこのように語っている。もともとヨーロッパの人々は、中東のイスラム教徒たちを政治的、軍事的そして文化的勢力として長年恐れてきた。だが近代に入り、科学技術の発展で強大な力を得たヨーロッパの人々は、中東を植民地化し始めた。そのために必要となったのが、イスラム教徒たちを理解し、また支配するための知の体系であるオリエンタリズムだ。

オリエンタリズム形成には、詩人や小説家の手による詩や旅行記、そして散文作品、あるいは学者による言語学、政治学、歴史学、神話学、考古学といった様々な分野に拡がる学問研究が大きな役割を果たした。

それらはヨーロッパ人ではない存在として中東の人々を自分たちから切り離し、そこにはヨーロッパとは違う永遠の本質がある、と仮定した上で、不完全な知識と自分たちの妄想に基づきながら、そうした本質について綿密に記述していったのである。

そもそも歴史的には、ヨーロッパの哲学にしても科学にしても、ギリシャ発祥のものをアラブ経由で受け取っている。なおかつ宗教については言うまでもなく、キリスト教は中東発祥である。そしてキリスト教とイスラム教はともに一神教であり、同じアブラハムの宗教と呼ばれるくらい親和性が高い。だがむしろ、だからこそ、中東を植民地化するためには、いったんイスラム教徒たちを自分たちから切り離した上で、より劣った別個の存在として規定する必要があった。

その時に作用したのが防衛機制の一種である「投影」だ、とサイードは言う。これはもともとフロイトが提唱した理論で、自己のうちに醜い感情や性質があることを認識し、なおかつそれを受け入れると自己がもたない場合、他者にそうした否定的な部分を投影した上で、その他者がそうした性質を本質的に持つと思い込む、という心理的なメカニズムである。このようにすることで、他者を犠牲としながら、「素晴らしい自己」を保つことができるわけだ。

この投影について理解できると、オリエンタリズムにおいて、なぜイスラム教徒たちに矛盾した性質が付与されたかがよくわかる。彼らは怠惰かつ好戦的で、飲酒にふけり官能的でありながら、古い経典に支配された停滞した精神を持つとされた。けれども、怠惰であれば好戦的ではないだろうし、古い経典をしっかりと奉じていれば、そもそも飲酒などしないはずだ。なぜこうした明らかなでっち上げが、オリエンタリズムに含まれる、いわゆる「学問的な」記述において堂々と語られたのか。

答えは簡単である。こうした否定的な性質は、すべて語り手であるヨーロッパの人々が持っていたものなのである。自分のことなら自分が一番よく知っている。だからイスラム教徒たちについての正確な知識などなくても、滔々と語り続けることができるのだ。このようにしてオリエンタリズムは、互いに矛盾した様々な記述をめちゃくちゃに突っ込んだゴミ箱のようなものとして発展していった。

たちの悪いことはまだまだ続く。こうしてできたオリエンタリズムのような言葉による記述の集まりは、言説(ディスコース、ディスクール)と呼ばれる。このような言説は「中立的」かつ「科学的」な研究として権威を与えられ、それらに基づいて学問分野が作られた上で、大学や政府や軍隊といった機関で制度化される。そして、それらの機関を通じて政治権力が振るわれるようになるのだ。こうしてデタラメなオリエンタリズムに基づいて、中東の、「本質的に劣っている」とされた人々相手に植民地支配が成し遂げられていったのである。

サイードが指摘するこのような、言説と政治権力の深い関係性という考えは、ミシェル・フーコーの研究から来ている。『狂気の歴史』『監獄の誕生』などの著作でフーコーは言う。西洋の近代において精神医学や犯罪学、法学といった「中立的」かつ「科学的」であると主張する学問は、政治権力と結びついて、特定の人々を狂者あるいは犯罪者として規定し、精神病院や刑務所などの施設の中に放逐し管理するようになった。したがって我々は、「中立」性を標榜する学問そのものを疑わなければならない、と。

あるいはもう一つ、ルイ・アルチュセールのイデオロギー論や、アントニオ・グラムシのヘゲモニー論といった、マルクス主義哲学者の理論も元になっていると言えるだろう。社会を支配している階層の人々は、軍隊や警察などによる暴力だけで自分たちの意志を押しつけることはできない。それには経済的・政治的コストがかかりすぎる。むしろ被支配層が、自分たちの意志で支配されたがるように促すことが大事だ。

だからこそ、中立的に偽装された学問の力を借りながら、自分たちは支配されるのが相応しい劣った人々だ、と被支配層に思い込ませるよう、学校やマスコミなどを通して教育するのが重要となる。

さて、こうしたオリエンタリズムの議論をモリスン版の「アフリカニズム」に適用するとどうなるか。アフリカから暴力的につれて来られた人々は、ヨーロッパ系のアメリカ人たちにとって、常に反乱の恐れのある存在である。そうした彼らを奴隷として安定して所有し使役するためには、「黒人」と「白人」というカテゴリーをでっち上げることで彼らを自分たちから切り分け、さらに黒人は本質的に劣る存在だと位置づけなければならない。

したがって、まずは「黒人」がいかに劣っているかを、様々な言説を駆使して「証明」した上で、法制度などの社会的な仕組みを整備し、彼らに対する支配を正当化するシステムを構築する必要がある。こうした必要性に応えて、文学作品や、法体系や、人種主義的な神学など、様々な言説が活発に生産された。これらを総称して、アメリカ版オリエンタリズムという意味合いで、アフリカニズムと呼ぶことができる。

当然ながらアフリカニズム構築においては、黒人とされた人々の劣等性を強調しなければならない。だからこそ、白人たちの防衛機制を通して、彼らの内側にある、しばしば否定的な性質が黒人たちに投影された。つまり黒人たちを記述しているとされるアフリカニズムのあり方を見れば、こういったものを作り上げた白人たちがそもそもどういう存在なのかを明白に見て取ることができる。それゆえに、アフリカニズムの中には様々な矛盾した性質が混在しているのである。

アメリカ文学史と「ロマンス」

ここまできてようやく、アフリカニズムの語義とその由来、そしてアフリカニズムを見ることで、なぜ黒人ではなく、むしろ白人たちのことがよくわかるのか、そしてまた、アフリカニズムの中にはなぜ互いに矛盾した要素が混在しているのかが明らかになった。

だがそこで新たな疑問がわき上がる。モリスンの言うアフリカニズムはサイードのオリエンタリズムをただ、アメリカに持ってきただけのものなのか。そうとは言えない。モリスンのアフリカニズムには一つ、決定的な独自性が存在する。それはロマンスとアフリカニズムの関係である。

先に、リアリズムに基づいたノベルが覇権を握ったヨーロッパとは違って、アメリカでは冒険や奇想、恋愛などのエンターテインメント性が強めなロマンスが一貫して文学の中心であり続けてきたと言った。その中でも、モリスンの議論に直接関係するのが、ゴシック・ロマンスと言われる、十八世紀後半のイギリスで起こった種類の小説である。

人里離れた中世風の城や修道院、貴族の館などを舞台に、宗教裁判や牢獄への監禁、時に超自然的で不気味な、得体の知れない人物による殺人などが発生し、推理小説風な展開に伴って犯人が明かされる。

ある程度、理性的なノベルに対して、ゴシック・ロマンスでは狂気や不安、恐怖、暴力などに焦点が当てられる。しかも時に、登場人物の内面の分裂はそのまま、分身の登場として示されるのだ。このようにして、ゴシック・ロマンスでは人間の心の奥底に潜む不合理な感情や妄想がさらけ出される。

ホレス・ウォルポール『オトラント城』によって一七六四年に創始されたこのジャンルは、十九世紀半ばまでにイギリスでは下火となった。しかし奇妙なことにアメリカでは小説の主流として、ポー、ホーソン、フォークナー、カポーティ、そしてヴォネガットなどにより、現在まで書き続けられている。それだけではない。ゴシック・ロマンスはホラー小説や推理小説の発生を促し、更にハリウッド映画においても同一のテーマが受け継がれている。

アメリカの小説においてなぜ、ノベルではなくロマンスが主流となったのかは、アメリカ文学史上の大きな謎である。同時代のヨーロッパと比べて、そこまで教養のある読者が存在しなかったために、よりエンターテインメント性が重視された結果ではないか、などの説明も充分考えられるだろう。

しかしモリスンはそういう説は取らない。通常、現実からの逃避として捉えられがちなロマンスではあるが、むしろこの形式こそが、奴隷制と切り離せないアメリカという現実を描き出すのに好都合だった、というのが彼女の解釈となる。

どういうことか。ネイティヴ・アメリカンを大量に虐殺し、彼らから奪った広大な土地に、アフリカから人々を強制的に連れてきて奴隷化することで生み出されたアメリカにおいて、白人たちは常に現実の、そして妄想の恐怖に付きまとわれながら生きてきた。いつネイティヴ・アメリカンたちに襲撃されるのか、あるいは、いつ奴隷たちが反乱を起こすのか、と怯えながら暮らすのが、彼らの日常となったのである。

これは傍から見れば奇妙な状態である。何しろネイティヴ・アメリカンやアフリカ系の人々に激しい暴力を加えたのは白人たちのほうなのだから。しかし、自分たちが歴史的に犯してきた蛮行を知り尽くしている彼らだからこそ、それが復讐として自分たちの身に降りかかることを恐れ続けてきたのだ。

白人たちの自由を保証するために自由を奪われた者たちが、今度は白人たちのコントロールから脱して自由を獲得し、境界線を侵犯して襲いかかってくるのではないか。このような不安を描く上で、ゴシック・ロマンスという形式は最適だった。得体の知れない暗黒の力が爆発するが、半ば強引に平定される。こうしたゴシック・ロマンスは、自分たちより肌の黒い者たちに対する不安と恐れを和らげ、しかも白人たちの欲望を達成する道具として彼らを利用することを正当化してくれる。モリスンは言う。「内なる恐怖を和らげ、外なる搾取を合理化する、という集団的な必要」(本書六六―六七ページ)。こうした欲求をゴシック・ロマンスは満たしてくれるのだ。

ならばこのような作品において、白と黒のテーマ系が延々と変奏されながら繰り返し登場するのも納得できるだろう。白いもの、たとえば光や雪、真っ白な帆などは、脅かされながらも最後には打ち勝つ正義として描かれ、反対に黒いもの、すなわち闇や地底、肌の黒い人々や黒い体毛を持つ動物は、暴力的でありながらも最後には平定される悪として展開される。モリスンが本書で繰り広げたアメリカ古典小説の読解でも、こうした分析は存分になされている。

『サファイラと奴隷娘』

本書で取り上げられている主要な作家のうち、日本の読者に最も縁遠いのはウィラ・キャザーではないか。一八七三年生まれの彼女は、二十世紀前半において、ヘミングウェイやフィッツジェラルドと肩を並べる存在として活躍した。アメリカ南部であるヴァージニア州から中西部のネブラスカ州に九歳で移住し、ヨーロッパの様々な国からやってきた移民たちが、大平原の農民として力強く生きて行く様子から大きな影響を受けた。その後、開拓者や芸術家として自らの足で歩む女性たちを描いた『おお、開拓者たちよ』(一九一三)、『私のアントニーア』(一九一八)などがキャザーの代表作である。

一九四七年に死去する直前、一九四〇年に出版された『サファイラと奴隷娘』の舞台は南北戦争前のヴァージニアであり、キャザーの曽祖母がモデルとなっている。奴隷主の娘として育ったサファイラにとって、何人もの奴隷を抱えているのは当然のことだった。だが北部出身の夫コルベールは奴隷廃止論者であり、彼女のそんな部分を嫌っている。病気で車椅子生活を余儀なくされているサファイラは屋敷に住んでいるが、粉挽きの仕事に集中したいコルベールは主に水車小屋で暮らしていて、屋敷には食事をしに帰るぐらいのものだ。

サファイラの身の回りのことは主に、ティルという女性の奴隷が担っている。そしてティルの娘のナンシーが、水車小屋の細かい家事を任されている。若く美しいナンシーは肌の色が明るく、明らかに白人の血を引いている。その父親はコルベールの兄弟だとも、キューバ人の画家だとも噂されているが、作品中では明らかにされない。

美しいナンシーとの交流をコルベールは次第に楽しみにするようになる。当然ながら二人の会話は優しさに満ちたものになる。ある日サファイラは彼らが語り合う場面を見てしまう。そして激しい嫉妬に駆られるのだ。このままではいけない。そして、コルベールの親族である女たらしのマーティンを屋敷に招き、なんとかナンシーを襲わせようとする。

サファイラの嫉妬は単なる妄想ではない。奴隷所有を当たり前のことだと思っている彼女にとって、主人と奴隷は絶対的な上下関係であるべきだ。しかしコルベールはナンシーを対等な一人の女性として扱う。そうした慈愛に満ちた水平の関係は、サファイラには禁断のものに感じられた。だからこそサファイラは、ナンシーを破滅に追い込もうと画策する。そうしなければ、ゆくゆくは彼女の奴隷所有自体が否定されることになってしまう。

奴隷たちを含めたこの家のすべての人々がマーティンの企みを察知する。だが奴隷たちは決してナンシーを助けない。なぜなら、肌の色の明るいナンシーから自分たちは見下されていると感じているからだ。しかも実の母親のティルすら、サファイラへの忠誠心に縛られてナンシーを効果的に守れない。

結局ナンシーを最終的に救ったのはサファイラの娘のレイチェルだった。父親同様、奴隷制を憎む彼女は、クエーカー教徒など奴隷制反対論者たちのネットワークを使って、なんとかナンシーをカナダまで逃がすことに成功する。ナンシーはそこでイギリス人の召使いとなり、スコットランドとインドの血を引く男性と結婚して幸せを摑む。

『アーサー・ゴードン・ピムの冒険』

本書第二章に出てくるエドガー・アラン・ポーは昔から日本でも人気が高い。ただし彼の長編『アーサー・ゴードン・ピムの冒険』（一八三八）を読んだことがある人は少ないのではないか。一八〇九年にボストンで生まれたポーの両親は旅役者だった。だがポーは幼いころ孤児となり、リッチモンドの裕福なタバコ商人であるアランに養子として引き取られる。

彼とイギリスへ渡りきちんとした教育を受けたポーは、その後ヴァージニア大学やウエストポイント陸軍士官学校に短期間通うも、その態度の悪さから放校となってしまう。その間も彼は詩や短編小説を書き続けていた。一三歳の従妹と結婚するが、妻は肺結核で十年ほどして亡くなる。彼は生涯、アルコールやアヘンの摂取をやめられず、早くも一八四九年に死去した。だがはっきりとした死因はいまだ不明である。

ポーの作品は人里離れた屋敷での生きながらの埋葬、死者の蘇り、分身との出会いなど、ゴシック・ロマンス的な細部に満ちている。長編『アーサー・ゴードン・ピムの冒険』はそれに冒険活劇や海洋小説の要素も加わった、極めてエンターテインメント性の高い作品だ。

ほんの出来心から、主人公は友人と捕鯨船に乗り込む。親の許可を取っていない主人公はこっそりと船に忍び込み、もう港には戻れないところまで行ってから姿を現して船員として使ってもらおうと企む。船倉内の奥深くに潜んで出港するが、すぐに助けてくれるはずの友人はいつまでたっても来ない。やがて水も食料も尽きてくる。真っ暗な中、酸素すら乏しくなる。

もうこのまま死ぬのか。極限状態に至って、ようやく彼は友人に助けられる。友人は言う。船内で反乱が起こった。航海士の一味が船長たちから権力を奪い、敵対する船員を次々と殺している。だが主人公は、友人と少数の味方とともに、なんとか反乱の首謀者たちを制圧する。主人公は死者の仮装をして会合に飛び込み、なんと航海士をショック死させてしまうのだ。

だが嵐の中、船は壊れ、もはや死を待つしかないというところまで主人公は追い込まれる。間一髪、そこで彼は通りがかった帆船に救われる。聞けばこの船は南極の調査に向かうところだと言う。主人公は迷わず冒険の旅に加わる。南極に近づくとなんと、気温がぐんぐん上がっていった。そして発見した島には、肌の色の黒い屈強な人々が大量に住んでいた。

この島では、地面も動物たちも真っ黒である。最初は友好的な態度だった島民たちは、やがて手のひらを返して船員たちを虐殺し始める。主人公も地底に埋められるがどうにか脱出し、真っ黒なサギなどを食べて生きながらえる。隙を突いて島民たちの船を奪った主人公は、ほんの数人で南極を目指して更に突き進む。そして目の前に現れた巨大で白い人影に突進して終わる。

『ハックルベリー・フィンの冒険』

同じく第二章で言及されるのがマーク・トウェインの『ハックルベリー・フィンの冒険』(一八八五)だ。一八三五年にミズーリ州フロリダで生まれたトウェインは、アメリカの口語、方言、黒人英語などを巧みに用いながら、ユーモアと洞察に満ちた作品を生涯書き続けた。中でもこの『ハックルベリー・フィン』は彼の最高傑作と言われる。

『トム・ソーヤーの冒険』の最後で大金を手に入れたハックルベリー・フィンは、暴力的な父親から逃げ出す。そして過酷に黒人奴隷を扱う深南部に売り払われることを嫌がって逃亡したジムと出会い、ミシシッピ川を筏(いかだ)で下る旅に出る。仲間であるジムのためなら犯罪者になってもかまわない、とハックが決意するシーンは感動的だ。

しかしながら、本作に関しては複数の疑問点が指摘されてきた。その一つがこれだ。そもそもジムを逃がすために旅をしているならば、なぜミシシッピ川を下り続けて南に向かうのか。そうすればするほどジムの運命が暗転するのは、ハックにも分かっていたのではないか。

そしてもう一つの疑問点がこれだ。『ハックルベリー・フィン』のラストでトム・ソーヤーが登場し、すでにジムが解放されており奴隷ではない、と知っているにもかかわらず、トムとハックはさんざんジムをからかう。なぜこんなシーンが付け加えられているのか。

こうした疑問を巡るモリスンの議論は説得力がある。ハックの自由を際立たせるためには、その対象物として不自由なジムの存在が不可欠だ。だからこそジムは徹底的に笑い者にしてもかまわない黒人として、作品の最後まで提示されているのである。このように考えて初めて、たとえ作品が最後の部分でぐずぐずになったとしても、このような奇妙な場面を付け加える必要がトウェインにはあったことが納得できる。

ヘミングウェイの二作品

第三章ではアーネスト・ヘミングウェイの二作品が扱われる。一八九九年イリノイ州オークパークで生まれた彼は、一九六一年の猟銃自殺に至るまで、世界的な名声をほしいままにし続けた。第一次世界大戦中に青春を過ごしたロスト・ジェネレーションの騎手として登場したヘミングウェイは、戦後、パリで無為な日々を送るアメリカ人たちが登場する『日はまた昇る』(一九二六)、イタリア戦線下での看護師との恋愛を描いた『武器よさらば』(一九二九)、そしてスペイン内戦でファシストと戦うアメリカ人が主人公の『誰がために鐘は鳴る』(一九四〇)など、次々と話題作を世に送り出す。さらに『老人と海』（一九五二）ではピュリッツァー賞を獲得し、一九五四年にノーベル文学賞を受賞した。研ぎ澄まされたハードボイルドな文体でタフな男性について語る彼の作品は、いまだ高い人気を誇っている。

だが本書で扱われている二作品、『持つと持たぬと』（一九三七）と『エデンの園』（一九八六）を読んだことのある人はそういないのではないか。『持つと持たぬと』は、アメリカ合衆国とキューバの二つの政府を向こうに回して、自分の船で縦横無尽にカリブ海を走り回り、合法違法の様々な仕事に手を出しながら生き抜こうとする船長の話である。

大物釣りを目論む観光客の船頭をしているかと思えば、中国人の密航を助ける。キューバからアメリカに禁制品のアルコール類を持ち込み、アメリカで銀行強盗をしたキューバ人の革命家たちをキューバに運ぶ。持ち前のタフさと知恵でなんとか生き抜く彼だが、徐々に運に見放される。

ついに革命家たちから金を奪おうとするも、彼らに相棒を殺される。どうにか隠し持っていた銃で全員を射殺するのだが、実はまだ生きていた一人に腹を撃たれてしまう。「どうあろうと、一人ぽっちじゃ、まるっ切り勝ち目なんて、ねえぞ」（佐伯彰一訳、『ヘミングウェイ全集』第五巻、一四五ページ）と思いながら死んでいく彼の姿は感動的だ。更に本書は、このほぼ二十年後に書かれた『老人と海』を彷彿とさせる。

ヘミングウェイの死後、大量に残された草稿の中から発見され、一九八六年に刊行された『エデンの園』は、彼の他の作品とは異なるタッチの長編小説である。有名な作家である主人公の男性デイヴィッドは、若き妻のキャサリンと結婚したばかりだ。南仏で長いバカンスを過ごす二人は、性にまつわる奇妙なゲームにのめり込む。

キャサリンは髪を短く切り、デイヴィッドと同じ髪型にする。そして自分は男性になったと主張し、彼には女性となることを要求するのだ。二人のゲームは性的役割の交換にとどまらない。

キャサリンは肌を真っ黒に焼く一方、髪を真っ白になるまで脱色する。そして、黒人でありなおかつ白人、という存在に変貌するのだ。こうすることが彼女の性的な魅力を最も増す、と二人は信じている。

それだけではない。キャサリンは肌の浅黒いマリタという女性を夫婦の間に引き込み、デイヴィッドを交互に夫とすることを提案する。だがそうした三角関係を続けているうちに、デイヴィッドの心はキャサリンを離れ、徐々にマリタに惹きつけられていく。心を傷つけられたキャサリンは、デイヴィッドの作品が書いてあるノートを焼いた上、出て行き、最後はデイヴィッドとマリタという男女のカップル関係に落ち着く。

こうした派手な恋愛関係の物語に絡める形で語られる、ヘミングウェイ自身の創作論が興味深い。ただありのままに書くとか、文飾でごまかさないとか、心の芯の部分を使って書く、などの言葉には強い説得力がある。こうした創作論については、同じくヘミングウェイの死後に出版された『移動祝祭日』(一九六四)と大いに共通している。

モリスンが変えたこと

本書は後世にどのような影響を与えたのか。ハナ・オリンジャーによれば、まずは本書で取り上げられた作品の読み方が変化した。たとえばウィラ・キャザー研究において、彼女の晩年の作品である『サファイラと奴隷娘』は長らく、創作力が低下した時期に書かれた現実逃避的な作品として評価されてきた。しかし本書をきっかけに、人種関係に鋭いメスを入れた作品として興味を持たれるようになった。

さらに本書は、アメリカ文学史において何を正典とするかという議論に影響を与えた。本書が出るまで、白人男性を中心としたアメリカ文学史は揺るぎないものだった。だがその後、このような西欧的な価値観に基づいた男性の視点からだけではアメリカ合衆国の文学は理解できないのではないか、という認識が広がっていった。

結果として、女性作家による作品が多く取り上げられるようになる。と同時に、人種的マイノリティの作家による作品も再評価が進んだ。しかも西洋的な価値観だけでは不十分であるという議論が進んだ結果、たとえば、アフリカ系アメリカ人による作品であれば、彼らがアフリカから持ち込み、またアメリカの地で発展させた文化、具体的には言語や音楽やダンスなどとの関わりにおいて文学をみていくべきだ、という考えが進んだ。

それにより、黒人文学だけでなく、アジア系やラティーノ／ラティーナによる作品もまた、彼らが引き継いできた文化を基にして評価すべきであるという、多文化主義的な文学史が編まれるようになった。もちろんこの過程は常に途上である。しかしながら、本書を一つのきっかけとして、こうした対話が進むようになったことは喜ばしい。

加えて、本書は文学以外の領域にも影響を与えた。具体的には白人研究と呼ばれる分野の発展を促したのである。白人とはどのように構築され、どのような社会的影響力を持ってきたのかを白人研究は問題化する。言い換えれば、本書以降のアメリカ合衆国において、白人という存在は当たり前のものではなく、常に批判可能なものとして見直されるようになったのである。

ここまできてようやく、『暗闇に戯れて――白さと文学的想像力』という本書の題名の意味も明らかになるだろう。暗闇でちらちらと揺らめき、戯れる（playing in the dark）ものとは何か。暗闇とは、強烈な光を放つアメリカの歴史や社会、文化において影となっている、死角としての領域である。

ふだん目に入らない、そうした暗闇に目を凝らしてみると、数百年も前からいたにもかかわらず、いない存在として扱われてきた黒人たちが押し込められている。そしてまたその領域には、白人たちの心の中にある暗い部分が投影されている。その存在によって初めて、アメリカにおける、輝かしい白さが保証されてきたにもかかわらず、だ。

このからくりについて、正面から記述し思考する言葉は長いこと無かった。モリスンは本書において、こうした暗い領域に光を当て、白さの構築、という過程を暴き出す言葉を生み出したのである。アメリカ社会を作り上げているこのメカニズムを、アメリカ文学の古典的なテクストにはっきり書き込まれたものとして読み解く本書の意義は計り知れない。

＊

最後に、僕の個人的な挿話を付け加えさせていただきたい。約二十年前、ロサンゼルスにある南カリフォルニア大学の大学院で本書を講読した時には、まさか将来、自分がこの本を日本語に翻訳するとは思いもよらなかった。

授業を担当してくださったヴィエト・タン・ウェン先生もまた、モリスンに対する限りない敬意とともに、マイノリティ文学について教えてくださった。その後先生は『シンパサイザー』(二〇一五)という小説を書いてピュリッツァー賞を受賞し、作家となった。「空港で飛行機を降りて一歩目を踏み出した時から君は、アジア系アメリカ人なんだよ」という先生の言葉は今でも僕の心の中で鳴り響いている。

本書の先行する訳である『白さと想像力――アメリカ文学の黒人像』(大社淑子訳、朝日選書、一九九四)にはお世話になった。どうしても難解な文章を読み解けない時に何度もこの訳に助けていただいた。ありがとうございました。訳文の使用を快く許可してくださった巽孝之先生には大変感謝しております。そして困難な訳出の過程を並走してくださった担当編集者の古川義子さんには限りない感謝を贈りたい。いつもどおり迷惑をかけてしまった家族にもお詫びと感謝を。本当にどうもありがとう。

二〇二三年六月二四日　夕刻の研究室にて

都甲幸治

参考文献

Morrison, Toni. "Unspeakable Things Unspoken: The Afro-American Presence in American Literature." *Michigan Quarterly Review* (Winter 1989), pp. 1–34.

Wallinger, Hanna. "Toni Morrison's Literary Criticism." *The Cambridge Companion to Toni Morrison*, Cambridge UP, 2007.

上杉忍『アメリカ黒人の歴史』中公新書、二〇一三年。

加藤恒彦『トニ・モリスンの世界』世界思想社、一九九七年。

木内徹・森あおい編著『トニ・モリスン』彩流社、二〇〇〇年。

キャザー、ウィラ『サフィラと奴隷娘』高野弥一郎訳、大観堂、一九四一年。

サイード、エドワード・M『オリエンタリズム』(上・下)今沢紀子訳、平凡社、一九九三年。

スミス、ヴァレリー『トニ・モリスン』木内徹・西本あづさ・森あおい訳、彩流社、二〇一五年。

フーコー、ミシェル『監獄の誕生』田村俶訳、新潮社、一九七七年。

フーコー、ミシェル『狂気の歴史』田村俶訳、新潮社、一九七五年。

ヘミングウェイ、アーネスト『エデンの園』沼澤洽治訳、集英社文庫、一九九〇年。

ヘミングウェイ、アーネスト「持つと持たぬと」佐伯彰一訳、『ヘミングウェイ全集』第五巻、三笠書房、一九七四年。

ポー、エドガー・アラン『E・A・ポー』鴻巣友季子・桜庭一樹編、集英社文庫、二〇一六年。

ポー、エドガー・アラン『黄金虫・アッシャー家の崩壊　他九篇』八木敏雄訳、岩波文庫、二〇〇六年。

モリスン、トニ『「他者」の起源』荒このみ訳、集英社新書、二〇一九年。

吉田廸子『トニ＝モリスン』清水書院、一九九九年。

付――各章末にある注は著者によるものである。〔　〕内は訳者による補足を示す。

暗闇に戯れて　トニ・モリスン著
──白さと文学的想像力

2023年9月15日　第1刷発行

訳　者　都甲幸治

発行者　坂本政謙

発行所　株式会社　岩波書店
〒101-8002 東京都千代田区一ツ橋2-5-5
案内 03-5210-4000　営業部 03-5210-4111
文庫編集部 03-5210-4051
https://www.iwanami.co.jp/

印刷・理想社　カバー・精興社　製本・中永製本

ISBN 978-4-00-323461-7　Printed in Japan

読書子に寄す

——岩波文庫発刊に際して——

岩波茂雄

真理は万人によって求められることを自ら欲し、芸術は万人によって愛されることを自ら望む。かつては民を愚昧ならしめるために学芸が最も狭き堂宇に閉鎖されたことがあった。今や知識と美とを特権階級の独占より奪い返すことはつねに進取的なる民衆の切実なる要求である。岩波文庫はこの要求に応じそれに励まされて生まれた。それは生命ある不朽の書を少数者の書斎と研究室とより解放して街頭にくまなく立たしめ民衆に伍せしめるであろう。近時大量生産予約出版の流行を見る。その広告宣伝の狂態はしばらくおくも、後代にのこすと誇称する全集がその編集に万全の用意をなしたるか。千古の典籍の翻訳企図に敬虔の態度を欠かざりしか。さらに分売を許さず読者を繫縛して数十冊を強うるがごとき、はたしてその揚言する学芸解放のゆえんなりや。吾人は天下の名士の声に和してこれを推挙するに躊躇するものである。このときにあたって、岩波書店は自己の責務のいよいよ重大なるを思い、従来の方針の徹底を期するため、すでに十数年以前より志して来た計画を慎重審議この際断然実行することにした。吾人は範をかのレクラム文庫にとり、古今東西にわたって文芸・哲学・社会科学・自然科学等種類のいかんを問わず、いやしくも万人の必読すべき真に古典的価値ある書をきわめて簡易なる形式において逐次刊行し、あらゆる人間に須要なる生活向上の資料、生活批判の原理を提供せんと欲する。この文庫は予約出版の方法を排したるがゆえに、読者は自己の欲する時に自己の欲する書物を各個に自由に選択することができる。携帯に便にして価格の低きを最主とするがゆえに、外観を顧みざるも内容に至っては厳選最も力を尽くし、従来の岩波出版物の特色をますます発揮せしめようとする。この計画たるや世間の一時の投機的なるものと異なり、永遠の事業として吾人は微力を傾倒し、あらゆる犠牲を忍んで今後永久に継続発展せしめ、もって文庫の使命を遺憾なく果たさしめることを期する。芸術を愛し知識を求むる士の自ら進んでこの挙に参加し、希望と忠言とを寄せられることは吾人の熱望するところである。その性質上経済的には最も困難多きこの事業にあえて当たらんとする吾人の志を諒として、その達成のため世の読書子とのうるわしき共同を期待する。

昭和二年七月